書下ろし

紅染月《べにそめづき》

便り屋お葉日月抄⑥

今井絵美子

祥伝社文庫

目次

千駄木「戸田家鷹匠屋敷」
不忍池
上野
湯島天神
神田明神
昌平坂学問所
神田川
牛込御門
江戸城
北町奉行所
日本橋
照降町
「山源」
八丁堀
葭町
柳橋
両国広小路
永代橋
鉄砲洲
浅草寺
蔵前
本所
両国橋
大川（隅田川）
寺嶋村
向島
源光寺
竪川
大横川
小名木川
十万坪
深川
門前仲町
増上寺
芝神明宮
品川
北
西
東
南

「紅染月」の舞台

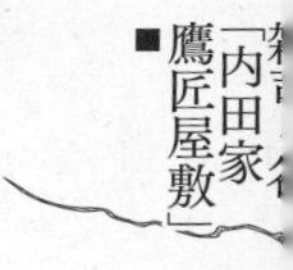
■「内田家鷹匠屋敷」

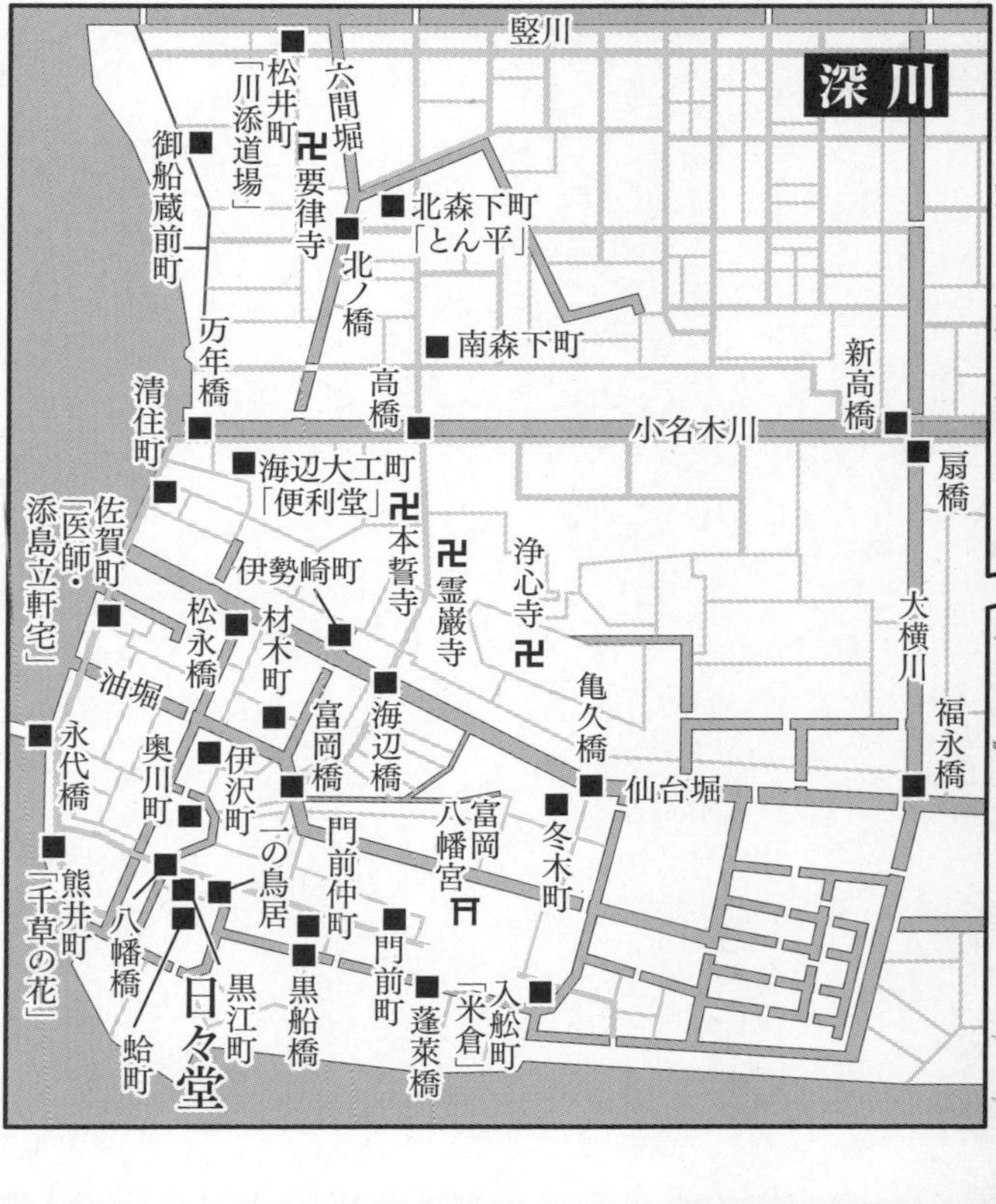
竪川
深川
六間堀
松井町「川添道場」
御船蔵前町
要律寺
北森下町「とん平」
北ノ橋
南森下町
万年橋
清住町
高橋
小名木川
新高橋
扇橋
海辺大工町「便利堂」
本誓寺
佐賀町
添島立軒宅「医師・
伊勢崎町
霊巌寺
浄心寺
大横川
松永橋
材木町
亀久橋
油堀
海辺
富岡橋
福永橋
永代橋
奥川町
伊沢町
仙台堀
冬木町
一の鳥居
門前仲町
富岡八幡宮
熊井町「千草の花」
八幡橋
黒江町
黒船橋
門前町
入船町「米倉」
蓬莱橋
蛤町
日々堂

霊迎《たまむか》え

友七《ともしち》親分は便り屋日々堂《にちにちどう》の茶の間に入って来ると、おい、と顎《あご》をしゃくり見世《みせ》のほうを指《さ》した。

「今、見世の前《めえ》を掃《は》いている奴ァ、誰でェ……」

盂蘭盆会《うらぼんえ》を控《ひか》え、仏壇の掃除をしていたお葉《よう》が手を止め、振り返る。

「おや、親分……。誰って、いったいなんのことを言ってるのかえ?」

お葉が訝《いぶか》しそうな顔をすると、友七は焦《じ》れったそうに肩を揺《ゆ》すった。

「ほれ、図体《ずうてえ》の大《お》っきな男よ! 日々堂の印半纏《しるしばんてん》を着てたってこたァ、ここの店衆《たなし》なんだろうが、俺《おり》ヤ、初めて見る顔だからよ」

友七が長火鉢《ながひばち》の前にどかりと腰を下ろす。

「ああ、朝次《あさじ》のことかえ……。親分が知らなくて当然さ。うちに来てまだ三日だもの……」

お葉が濡れ手拭《てぬぐい》で手を拭《ぬぐ》い、茶の仕度《したく》を始める。

「あの子、伊勢崎町《いせざきちょう》の河本屋《こうもとや》から使い物にならないと暇《ひま》を出されちまってさ。それがさ、河本屋だけじゃないんだよ。その前は三間町《さんげんちょう》の天満堂《てんまどう》、その前は大島町《おおしまちょう》の竹之屋《たけのや》とさ……。どこのお店《たな》でも三月《みつき》、よく保《も》って半年が筒一杯《つついっぱい》でね。こうなると、朝次を斡旋《あっせん》したうちとしても放ってはいられなくてさ。さっ、お茶が入ったよ」

「おっ、すまねえ。ちょうど、喉《のど》がからついていたところなのよ」

友七が喉に湿《しめ》りをくれてやると、改まったようにお葉に目を据《す》える。

「それで、日々堂が雇《やと》うことにしたってか？　余所《よそ》の見世で使い物にならなかった野郎なら、便り屋じゃもっと使い物にならねえだろうが……。そんな奴、とっとと親元に送り還《けえ》せばいいのよ」

「それが、送り還そうにも、双親《ふたおや》がもうこの世にいなくってさ……。入舩町《いりふねちょう》に兄貴がいることはいるんだけど、これまた、六人の子だくさんでね。とても弟の面倒まで見られないって言うのさ。かと言って、源吉爺《げんきちじい》さんに朝次のことを頼むと頭を下げられたというのに、奉公先から突き返されたからといって、放り出すわけにはいかないじゃないか……」

「源吉爺って、あの古骨買《ふるぼねか》い（古傘《ふるがさ》の骨を買い歩く人）か？　おう、あの爺さんがな……。が、待てよ。確か、あの爺さんはこの春死んじまったんじゃ……。それで、爺さんと朝次はどういう関係なのよ」

友七が継煙管《つぎキセル》に煙草《たばこ》を詰めながら、じろりと上目《うわめ》にお葉を窺《うかが》う。

「朝次の死んだおとっつァんの朋輩《ほうばい》なんだってさ……。朝次の父親《てておや》は腕のよい傘職人だったそうで、朝次が子供の頃には照降町《てりふりちょう》に住んでいたんだけど、おとっつァんが急死しちまってさ。それで、おっかさんが二人の子を連れて入船町の実家《さと》に戻ってきたってわけでね。ところが、そのおっかさんも去年亡くなったんだよ……。となると、朝次の面倒は兄貴の夕一《ゆういち》が見なくちゃならなくなったのだが、朝次は図体《ずうたい》ばかし大きいが、頭の中は幼児並みときてね……。夕一は朝次より十歳も年嵩《としかさ》なものだからすでに所帯を持ち、六人も子がいるというのに、このうえ、朝次の面倒まで見きれないと言いましてね。それで、源吉爺さんが躍起になって、なんとか奉公先を見つけてやってくれないかと……。源吉爺さんは朝次が頑是《がんぜ》ない頃から知っているものだから、不憫《ふびん》で堪《たま》らなかったのだろうさ。あたしもさァ、ほら、おぬいさんの息子の亮吉《りようきち》を清住町《きよずみちよう》の経師屋達磨屋《きようじやだるまや》に世話をしたことがあるもんだから、ああいいとも、委《まか》せときなって安請合《やすうけあい》をしちまったってわけでさ……」

お葉がふうと太息《ふといき》を吐《つ》く。

「おう、あの亮吉よな。で、その後、どうしてる」

「ああ、現在《いま》も機嫌よく達磨屋で奉公しているよ。そういえば、あれは正月明けの藪《やぶ》入《い》りだったから、半年が経《た》つんだね。おぬいさん、今回も亮吉が戻ってくるのを愉《たの》しみにしているんだろうね」

「おう、そうだった……。無垢《むく》な亮吉が手代の栄治《えいじ》の悪巧《わるだく》みに利用されそうになったのが、正月明けの藪入りだったんだもんな。亮吉の奴、またぞろ騙《だま》されるってこたァねえだろうな……」

「まさか……。亮吉もあのことでは懲《こ》りたはずだもの。二度と同じしくじりはしないだろうさ」

お葉はそう言ったが、危惧《きぐ》の念がないわけではなかった。

他人《ひと》を疑うということを知らない無垢な亮吉のこと、いつまた、栄治のような輩《やから》に翻弄《ほんろう》されるやもしれないのである。

この正月明けの藪入りのときのことである。

達磨屋の手代栄治が里帰りをする亮吉に五両を預け、あとで奥川町《おくがわちよう》の裏店《うらだな》まで取りに行くので、それまで大切に保管していてくれと頼んだという。

しかもご丁寧《ていねい》にも、誰にも言うんじゃねえ、内緒だぜ、と強引に約束をさせたものだから、亮吉は金を見つけた母のおぬいから問い質《ただ》されても、決して口を割ろうとしなかったのである。

亮吉は、五両の金が見世の金であり、栄治が自分を利用して持ち出させたのだ、と疑おうともしなかった。

というのも、亮吉は、頼まれたことはやり遂《と》げなければならない、約束事は決して破ってはならない、と固く信じていたのである。

お葉は亮吉が誰かに利用されていることを見抜くと、友七と一緒に奥川町の裏店に張り込み、金を受け取りに来た栄治をその場で取り押さえた。

その結果、金は見世に戻され、お店から縄付《なわつ》きを出すのを懼《おそ》れた達磨屋は、栄治に暇を出すだけで丸く収めたのだが、亮吉が純な男だけに、いつまた禍《わざわい》に巻き込まれるやもしれないのである。

「けど、亮吉は達磨屋のように懐《ふところ》の深《ふけ》ェお店に奉公できてよかったよな？　なんせ、達磨屋の旦那《だんな》は亮吉の良い面をちゃんと見てくれてたんだからよ。それを思うと、朝次は可哀相《かえいそう》によ……。てこたァ、よっぽど箸《はし》にも棒《ぼう》にもかからねえってことか……」

「てんごうを！　誰もまだ朝次の良い面に気づいてやっていないだけじゃないか。正蔵《しょうぞう》や友造《ともぞう》の話じゃ、朝次は人見知りするらしくて、人前に出ると貝のように口を嗣《つ》ぐんじまうそうなんだよ。けど、言われたことはきっちり熟《こな》しているというからさ。ただ……」

お葉が困《こう》じ果てたような顔をする。

「ただ、なんだってェのよ」

「まるきりの不文字《ふもじ》（読み書きができない）だというんだよ……。漢字はもちろんのこと、平仮名も読めなくってね。まっ、そうはいっても、現在《いま》うちにいる店衆の半分までが、ここに来たばかりの頃は不文字だったんだけどさ……。それでも戸田《とだ》さまや正蔵に夜な夜な教わって、三月《みつき》もしないうちに読むことだけはできるようになったんだけどね。というのも、宛先《あてさき》や宛名が読めないようでは、便り屋の仕事はできないからさ……。ところがさ、朝次のように教わることに尻込《しりご》みするようでは、配達はおろか、仕分け作業もできないからね……」

「じゃ、日々堂にいても足手纏《あしでまと》いになるだけじゃねえか。あれだけ図体が大きいと、よく食うだろうからよ。それこそ、穀潰《ごくつぶ》しってなもんでェ！」

友七が蕗味噌《ふきみそ》を嘗《な》めたような顔をする。

「親分！」

お葉が目で制す。

「朝次にもいいところがあるんだからさ！　第一、腕っぷしが強い……。それで、力仕事は朝次に委せることにしたのさ。朝次を町小使《まちこづかい》（飛脚《ひきやく》）の一人と思うと気を苛《いら》っちまうが、下働きと思えばいいんだからさ……。見世の仕事だけでなく、勝手仕事でも力を要することなら朝次にやらせればいいんだ！　そのうち、文字を覚えようという気になってくれるかもしれないし、まっ、永い目で見てやろうということになってね」

「そうけえ……。まっ、おめえがそこまで腹を括《くく》っているのなら、俺《おり》ャ、もう何も言わねえがよ……。おっ、そうよ！　実は、俺が今日ここに寄ったのは、たった今、添島《そえじま》さまを訪ねて来たからなのよ」

友七が思い出したように言う。

友七の湯呑《ゆのみ》に二番茶を注《つ》ごうとしたお葉の手が止まる。

「立軒《りつけん》さまに敬吾《けいご》さんのことを頼んでくれたんだね？　それで、立軒さまはなんて？」

お葉がせっつくように言う。

「おめえもせっかちよな……。まあ、待ちな。順を追って話すからよ。それより、茶を早くくんな！」

お葉がちょいと首を竦《すく》め、二番茶を注ぐ。

「それがよ、敬吾のことを洗いざらい話し、難関と言われるあの明成塾《めいせいじゆく》に齢《よわい》十二歳にして入塾したほどだから、頭脳明晰《めいせき》なことはこの俺が太鼓判《たいこばん》を押す、ただ事情があり、月並銭《つきなみせん》（月謝）が払えなくなって学問を断念しなければならなくなったんだが、あの打てば響《ひび》くような賢さをこのまま眠らせてしまうのはなんとしても惜《お》しい、今後は医術の道でその才覚を生かせねえかと思い、添島さまにお縋《すが》りした次第《しでえ》で……、と単刀直入《たんとうちよくにゆう》にそう言ってみたのよ」

友七はそこで言葉を切ると、もったいぶったように茶を口に運んだ。

「それで？　立軒さまはなんと答えたのさ！」

「添島さまは石鍋重兵衛《いしなべじゆうべえ》のことを知っておられてよ……。日々堂の倅《せがれ》が通っているという手習指南《てならいしなん》の師匠だな……と。それで、あのご仁《じん》の倅なら、さぞや聡明《そうめい》な子であろうが、いかんせん、医術を学ぶには幼すぎる。せめて、元服《げんぷく》する年頃になっているというのであれば話は別だが、十二歳では……、と難色を示されてよ。それで、俺《おり》ャ、言ったのよ。本格的に学ぶのは元服してからでも構わねえが、それまで診療所の下男でも書生でもなんでもいいから、添島さまの傍《そば》に置いて学ばせてほしいとな……。そうしたらよ、おい、なんでも言ってみるものよのっ？　下働きで構わないというのであれば面倒を見てやってもよい、ただし、その場合は二六時中佐賀町《さがちよう》を離れないというのが条件なので、診療所に住み込んでもらうことになるが、親一人子一人の石鍋重兵衛にそれができるだろうか、と首を傾《かし》げられてよ……。俺ャ、親父《おやじ》に四の五の言わせやしねえ、息子に仕官をと叶《かな》わぬ夢を持つのも大概《てえげえ》にしな、もっと現実をしっかと見るこったと怒鳴りつけてでも連れて来やすんで、と答えたんだが、はて、どうしたものかと思ってよ……」

友七が途方に暮れたような顔でお葉を瞠《みつ》める。

どうやら、友七の独断で立軒に掛け合い、重兵衛父子《おやこ》にはまだ何も話していないとみえる。

「えっ、まだ石鍋さまに話していないのかえ?」

友七が苦《にが》り切ったように頷《うなず》く。

「だってよ、添島さまに敬吾を受け入れる腹があるかどうか確かめねえうちに、石鍋父子《おやこ》に話したんじゃ、断られたときの衝撃が大きいだろうが……。俺《おり》ャ、期待を裏切ることになるんだぜ?」

お葉はしばし考え、ポンと胸を叩《たた》いた。

「石鍋さまに、敬吾さんを診療所に預けることを納得させればいいんだろ? 大丈夫! あたしに委せときな。ちゃんと話してやるからさ。なに、敬吾さんのほうにはそんなこともあるかもしれないとすでに仄《ほの》めかしているんだ……。あとは石鍋さまを説得するだけだが、学問の道が絶たれたんだもの、敬吾さんが医術の道で生きていくことに反対するはずがないさ！　石鍋さまが難色を示すことがあるとすれば、敬吾さんが住み込みになるってことだろうが、なに、子はいつかは親元を離れていくものなんだ……。敬吾さんの場合は少しそれが早まったってだけの話で、それも、遠くに離れるわけじゃなく、佐賀町と材木町《ざいもくちょう》なんて目と鼻の先じゃないか！　逢《あ》いたいと思えば、いつだって逢えるんだからさ。そんなことで不満は言わせやしない！」

お葉が言葉尻を荒げると、友七が、おう怖《こえ》ェ！　とひょっくら返す。

「じゃ、石鍋父子《おやこ》のこたァ、おめえに委せたぜ。話が決まったら知らせてくんな。俺が添島さまに渡《わたり》をつけて、敬吾を佐賀町に連れて行く日取りを決めるからよ」

「あい、承知！」

お葉と友七が顔を見合わせる。

やれ、これで敬吾の先行きに、かすかな灯《あか》りが点《とも》ったようである。

「おはま、今宵《こよい》の夕餉《ゆうげ》なんだが、二人前ほど追加できないものかね……。おや、お客さまかえ?」

お葉は厨《くりや》に入って行き、おはまとお端女《はした》のおさとが板間の上がり框《かまち》に腰かけ、四十路《よそじ》半《なか》ばの男と話し込んでいるのに目を留めた。

はっと、おはまとおさとが振り返り、男は慌《あわ》てて腰を上げると、ぺこりと辞儀をした。

「いつもおさとが世話になっていやす……」

「おさとのおとっつァんですよ。ご丁寧に盆礼《ぼんれい》に来て下さいましてね。女将《おかみ》さんが来客中だったもんだから、あたしが相手をしていたんですよ」

おはまが茶の間をちらと窺う。

「親分はもうお帰りで?」

「ああ、たった今ね。そうですか、それはご丁寧なことで……。仲蔵《なかぞう》さんでしたよね? おはま、茶の間にお通ししておくれ。おさとも一緒に来るといいよ。おとっつァんに逢うのは半年ぶりなんだもの、積もる話もあるだろう……。あっ、そうそう、さっきの話だけど、今宵の夕餉を二人前追加できるかえ?」

「ええ、それは構いませんが、どなたか見えるのですか?」

おはまが訝しそうな顔をする。

「石鍋さまと敬吾さんを夕餉に呼ぼうかと思ってるんだよ」

「石鍋さま父子《おやこ》を？　まあ、そうですか……。幸い、今日は仲蔵さんが野菜をたくさん届けて下さいましてね。南瓜《かぼちゃ》に茄子《なす》、瓜《うり》、隠元豆《いんげんまめ》、枝豆、茗荷《みようが》と……。天秤棒《てんびんぼう》の両籠《りょうかご》にぎっしりと、まるで青菜《あおな》の担《にな》い売りさながら、日々堂のためにと葛西《かさい》から担《かつ》いできて下さったんですよ」

おはまが厨の土間に置かれた籠を指差す。

なるほど、籠からはみ出しそうに野菜が詰まっている。

「これを全部、おまえさんの畑で？」

「へえ。盆礼といっても、百姓にはこのくれェのことしかできねえもんで……。こちらさんは大所帯だから、これでもまだ足《た》りねえかもしれやせんが、せめて、あっしの気持を受けてもらいたくて……」

仲蔵が日焼けした額《ひたい》を、照れ臭そうに手拭で拭う。

「いえ、これだけあれば充分ですよ。そんなわけなんで、石鍋さま父子《おやこ》を呼んで差し上げて下さいな」

おはまが厨にいたお端女のおこんやおせい、お富《とみ》に、皆もいいね、と目まじする。

おはまの娘おちょうの姿が見えないのは、おそらく、お針の稽古《けいこ》に出掛けているからであろう。

「じゃ、材木町の石鍋さまのところに遣《つか》いを走らせておくれ！　今宵の夕餉は日々堂でお上がり下さいと伝えてほしいんだよ。誰か手の空《す》いた者はいないかえ？」

お葉がそう言うと、おはまは困じ果てた顔をした。

「これから中食《ちゅうじき》の仕度に入りますんでね。おちょうはまだ戻って来ないし、現在《いま》、女衆《おなごし》に抜けられると困るんですよ。見世の小僧じゃ駄目ですか？」

「ああ、いいともさ。市太《いちた》か権太《ごんた》、良作《りょうさく》、誰でもいいよ。そうだ！　朝次の手が空いているようなら、朝次に行かせたっていいんだから……」

お葉がそう言うと、おはまが眉根《まゆね》を寄せる。

「朝次にですか？　大丈夫かしら……。送り出したのはいいが、道に迷って戻って来られなくなるんじゃ……」

「まさか、大の大人が……。朝次は二十五歳なんだよ。十一歳の良作ができることが朝次にできないなんて……」

お葉はそう言ったが、十歳やそこらの子ができることができないから、朝次はお店を追い出されたのだということを思い出し、あとが続かなくなった。

「解《わか》ったよ。誰でもいいから頼んだよ。さっ、仲蔵さん、茶の間にどうぞ。おはま、中食の仕度で忙しいのは解っているが、ほんの少し、おさとを借りてもいいかえ?」

お葉がおはまを窺う。

日々堂の女主人《おんなあるじ》といえども、勝手方のことではおはまに頭が上がらない。

というのも、おはまは日々堂の宰領《さいりよう》(大番頭格)正蔵の女房で、亡くなったお葉の亭主甚三郎《じんざぶろう》が深川黒江町《ふかがわくろえちよう》に便り屋日々堂を立ち上げた頃から、勝手方を仕切る古株なのである。

しかも、甚三郎の後添《のちぞ》いとして日々堂に入るまで、自前の辰巳《たつみ》芸者だったお葉は、俠《きやん》で鉄火《てつか》で伝法肌《でんぽうはだ》……。

血の気の多い町小使たちと対等に渡り合い、見世や男衆を束《たば》ねることには長《た》けているが、勝手仕事はからきし苦手とくる。

何しろ、野菜の皮剝《かわむ》きひとつまともにできない有様《ありさま》なのだから、厨のことに口を挟《はさ》むことなどできようもない。

従って、見世のことは正蔵に、勝手方のことはおはまにと、謂《い》わば二人はお葉の後見人といってもよいだろう。

「ええ、構いません。それに、おさとのおとっつァんから女将さんに話があるそうなんで、あとであたしも顔を出しますんで……」

おはまが心ありげな顔をして、ちらとお葉を窺う。

はて……。

仲蔵があたしに話とはいったい……。

が、お葉は仲蔵とおさとを促《うなが》すようにして、茶の間に入って行った。

「ささっ、お座布団《ざぶ》をどうぞ！」

お葉が藺草《いぐさ》の円座を仲蔵に勧《すす》める。

仲蔵は気を兼ねたようにして円座を当て、威儀を正した。

「楽にして下さいな。それで、あたしに話とは？」

お葉が長火鉢の鉄瓶《てつびん》の湯を確かめ、茶の仕度をする。

「へえ……」

「どうかしましたか？」

「この藪入りには、おさとを葛西に帰《けえ》してもらえねえかと思いやして……」

お葉は茶を注ぐ手を止めると、とほんとした。

仲蔵はいったい何を言おうとしているのであろうか……。

「それはどういうことかえ？　おさとはこの正月明けの藪入りも、去年の盆の藪入りにも、里帰りしたと思うんだが……。えっ、おさと、葛西に戻ったのじゃなかったのかえ！」

お葉が思わず甲張《かんば》った声を上げると、おさとは鼠鳴《ねずみな》きするような声で、いえ……、と答えた。

「滅相《めっそう》もねえ！　こいつが藪入りで葛西まで帰《けえ》って来たのは去年の正月明けまでで、此《こ》の中《じゅう》、帰《けえ》って来るようにと便りを出しても、便り屋というものは年中三界暇《ねんじゅうさんがい》なしで、自分だけ暇を取るわけにはいかねえと……。それで、あっしもそんなものなのかなと半ば諦《あきら》めてたんだが、此度《こたび》、おさとに縁談がありやしてね。それで、藪入りで帰《けえ》って来たときに見合をさせてェと思い、今年はなんとしてでも暇をやってもらえねえだろうかと、こうして女将さんにお願《ねげ》ェに上がったってわけでやして……」

「おさとに縁談が？　それはめでたい話じゃないか！　けど、おさと、どうしてなのかえ？　そりゃさ、確かに便り屋は年中三界暇なしだよ。一日たりとて見世を閉めるわけにはいかないからね。けど、藪入りは奉公人にとって年に二度の里帰りができるとき……。暇を取りたいという者には、うちでも快《こころよ》く里帰りをさせてたんだよ。おさとも毎度葛西に帰ると言って、暇を取っていたじゃないか！　なぜ、そんな嘘《うそ》を……。おまえはあたしたちだけでなく、おとっつァんにまで嘘を吐いていたことになるんだよ！　いったい、どこに行っていたのさ……」

「…………」

　おさとは潮垂《しおた》れたままである。

「おさと、おめえって女《おな》ごは！　ふてくろしいい（図々《ずうずう》しい）ったらありゃしねえ。女将さんがおっしゃってるんだ。なんとか言ったらどうでェ！」

　仲蔵が業《ごう》を煮《に》やし、今にも殴《なぐ》りかからんばかりに拳《こぶし》を丸める。

　そこに、あとから茶の間に入って来たおはまが、さっと割って入った。

「ままっ、仲蔵さん、気を鎮《しず》めて下さいな。そんなふうに頭ごなしに叱《しか》ったんじゃ、おさとが何も言えなくなるではありませんか……。ねっ、おさと、本当のことを言っちまいな。おとっつァんも女将さんも、おまえのことを心配してるんだからさ」

「…………」

「じゃ、あたしから言ってやろうか？　これはあたしの推測にしかすぎないんだが、おまえ、青物の担い売り、靖吉《やすきち》さんと逢瀬《おうせ》を愉しんでたんじゃないのかえ？」

　あっと、おさとが顔を上げる。

「どうしてそれを……」

「ほら、図星《ずぼし》だ！」

「ちょい待った！　靖吉って誰だ……。逢瀬を愉しむって、まさか、おめえ、その男と裏茶屋這入《うらぢゃやばいり》（密会）をしてたんじゃあるめえな！」

仲蔵が怒りに身体《からだ》をぶるぶると顫《ふる》わせる。

「おはま、どうしておまえがそれを知ってるのさ……」

お葉には俄《にわか》に信じられないことで、目をまじくじさせる。

「いえね、靖吉というのは寺嶋村《てらじまむら》の百姓で、三日に一度担い売りに廻《まわ》って来るんですよ。うちでは小梅村《こうめむら》と押上村《おしあげむら》、寺嶋村と、三軒の百姓家と取り引きしているんですけどね。靖吉さんが親父さんの跡《あと》を継《つ》いで担い売るようになったのが二年前からでして。それが一年ほど前から、そろそろ靖吉さんが来るかなって頃になると、おさとがどこかしらそわそわと落ち着かなくなりましてね。しかも、他の担い売りのときには知らんぷりしているくせに、靖吉さんの対応だけは他の者にやらせようとしない……。これは怪《あや》しいな、とピンときましたよ。けど、若い男と女ごにはありがちなこと……。仲睦《なかむつ》まじくしているというだけで、別に目くじらを立てることはないかと、そんなふうに高を括ってたんですけどね。まさか、こんなことになっているとは……」

おはまが、申し訳ありません、あたしの目が行き届きませんで……、と仲蔵に頭を下げる。

「おさと、今、おはまさんが言ったことは本当なんだな？　おめえ、その男と理《わり》ねえ仲……、つまり、男と女ごの仲になってたのかよ！」

「はい……」

「はいじゃねえだろうが、はいじゃ！　嫁入り前《めえ》の女ごがこんなふしだらな真似《まね》を！　おとっつァんはよ、おめえを御助《おすけ》（好色女）にするために育てたんじゃねえ！　そりゃよ、うちは自作農家といっても、他人《ひと》さまに自慢できるほどの田畑を持っているわけじゃねえ……。けどよ、他人《ひと》から後ろ指を指されねえ生き方をしてきたつもりだ。おめえのことだってよ、嫁入り前《めえ》の修業のつもりで奉公に出した……。それもこれも、おめえが三国一《さんごくいち》の花嫁になってくれることを願ってのことだったんだ！　此度の縁談は三国一とまでいかねえかもしれねえが、名主の次男が相手でよ。名主は次男を分家させ、田畑を分け与えると言ってる……。三段百姓《さんだんびやくしよう》の娘にゃ瓢簞《ひようたん》から駒《こま》みてエな話でよ。こんな福徳《ふくとく》の百年目みてエな話は滅多《めった》に転がってるもんじゃねえ……。それなのに、おめえって奴は！　いいから、即刻、その男とは手を切るんだ！　女将《けえ》さん、申し訳ねえが、今日限りおさとは暇を貰《もら》いやす。なに、このまま葛西に連れ帰れば、黙ってりゃ、おさとが傷物だと暴露《ばれ》やしねえんだからよ……。そんな理由《わけ》なんで、その男がおさとの行方《ゆくえ》を訊《たず》ねてきても、教えねえでいて下せえ。どうか、この通りでやす……」

仲蔵が畳《たたみ》に額を擦《す》りつける。

「嫌《いや》だ、あたし！　葛西には帰らない。あたしは靖吉さんと約束を交《か》わしたんだもの……。あの男《ひと》ね、病《やまい》のかみさんを抱《かか》えていて、現在《いま》一番大変なときなんだって……。医者はもう匙《さじ》を投げたらしくて……。それで、かみさんの最期《さいご》を看取《みと》ってやりたいと、そう言うの。あたしはそれでもいい……。あの男《ひと》が自由になる日まで待つつもりよ。おとっつァんが見つけてきた縁談に比べると、靖吉さんはうちと同じ三段百姓だけど、おはまさんも前に言ってたでしょう？　靖吉さんの作る野菜には外《はず》れがないって……。あの男《ひと》ね、他人《ひと》に美味《おい》しいと言ってもらえる野菜を作るのが何よりの生き甲斐《がい》だと、口癖《くちぐせ》のように言うの。あたし、そんな靖吉さんに惚《ほ》れたんだ。あたしがこの男《ひと》の支えになろう、そうして、もっともっと美味しい野菜を作るんだ！　そうすれば、女将さんやおはまさん、日々堂の皆に美味しい野菜を届けられると思って……。ねっ、おとっつァん、許して下さいな。おとっつァんの描《えが》いた夢には添《そ》えないけど、あたしは靖吉さんと一緒に歩み、支え合いながら諸白髪《もろしらが》となるほうが幸せなんだから……。不肖《ふしょう》の娘と恨《うら》んでくれてもいい！　けど、おとっつァんさえ許してくれるのなら、靖吉さんと所帯を持ったあとも、おとっつァんの娘として孝行していくつもりなんだから……」

おさとの目にわっと涙が溢《あふ》れ、はらはらと頬《ほお》を伝った。

見ると、仲蔵の目にも涙が光っている。

「仲蔵さん、どうだろう？　ここまでおさとの決意が固いのでは、葛西に連れ帰るのは無理なのではなかろうか……。とはいえ、あたしがひとつ引っかかるのは、靖吉さんの女房のことでね。病の身といっても、まだ生きているんだからさ……。おさとの話を聞くと、まるで靖吉さんと二人して女房が死ぬのを待っているように思えて、どうにもどっとしない（感心しない）んだがね……。それにさ、医者が匙を投げたってことは、もうあまり永くはないんだろうが、そうは言っても、世間には余命幾《いく》ばくもないと宣告された者が、それから二年も三年も永らえたって話もあるからね……。それでも、おさとは構わないというのかえ？」

お葉が気遣《きづか》わしそうにおさとの顔を覗《のぞ》き込む。

おさとはこくりと頷いた。

「構いません……。それでも、あたしは待ち続けます。けど、考え違いをしないで下さい。あたしはかみさんに早く死んでほしいと思っているわけではないんです。あたしはいつの日にか靖吉さんと一緒になれればそれでいいんだから……。仮に、添い遂げることができなかったとしても、それでもいい。晴れて夫婦《めおと》になれなくても、心の中では、あたしとあの男《ひと》は鰯《いわし》煮た鍋《なべ》（離れがたい関係）なんだから……」

おさとは涙に濡れた顔を上げ、きっぱりと言い切った。

ここまでおさとが腹を決めているのであれば、お葉にはもう何も言うことがない。

男と女ごが心底《しんてい》尽《ず》くになるということは、こういうことなのであろう。

お葉は、ふっと甚三郎のことを想《おも》った。

甚三郎の胸に抱かれ、この男《ひと》と一緒なら、どんな荒波も潜《くぐ》れると思った。

死ぬことさえ厭《いと》わないと思ったのである。

が、実際に亡くなったのは甚三郎のほうで、お葉は当時六歳だった先妻の子清太郎《せいたろう》や日々堂を支えていかなければならなくなったが、それでも後悔はしていない。

後にも先にも、お葉をあそこまで女にしてくれたのは甚三郎だけ……。

その想いが現在《いま》も身体や記憶の端々《はしばし》に残っていて、それだけでお葉は幸せなのである。

甚三郎は死んじゃいない！

現在《いま》も、お葉の中で生き続けているのである。

おそらく、おさとも靖吉のことをそんなふうに思っているのであろう。

だったら、周囲《まわり》がとやかく言っても詮《せん》ないこと……。

おさとは常並《つねなみ》な女ごの幸せは摑《つか》めないかもしれないと解ったうえで、それでも尚《なお》、靖吉と共に歩んでいこうと決めているのであるから……。

ならば、陰ながら応援してやるよりほかないだろう。

お葉はそんなことを取っつ置いつしながらも、ある決断を下した。

「仲蔵さん、ご不満だろうが、ここはひとつ、おさとのことはあたしに委せてもらえないだろうか……。靖吉さんの腹を確かめてみるからさ。それによって、今後どうすればよいのか、改めて知恵を出し合うことにしようじゃないか。取り敢《あ》えず、名主の縁談は断ることだね。その男がいかに田畑を持っていようが、おさとの幸せは金では買えないからね。それより、本気で惚れた男に添うことのほうが、どれだけおさとにとって幸せか……。それにさ、おまえさんはおさとを手つかずの娘と偽《いつわ》ると言ったが、そんなことをして、あとで暴露《ばれ》たらどうするつもりなのかえ？　仮に暴露ずに済んだとしても、おさとは偽ったことへの後ろめたさを、この先ずっと胸に秘めていかなきゃなんないんだよ。そんなのが幸せと言えるかえ？　あたしなら嫌だよ！　だから、おさとにもそんな想いをしてもらいたくないんだよ……。違うかえ？」

お葉がそう言うと、おはまが相槌《あいづち》を打つ。

「違やしません！　女将さんのおっしゃる通りだ。ねっ、仲蔵さん、ここはひとつ女将さんとあたしに委せてくれないかえ？　いえね、二人の仲に薄々《うすうす》気づいていて、これまで手を拱《こまぬ》いていたあたしにも責任があるように思えてさ……。仲蔵さん、靖吉さんの為人《ひととなり》はあたしが保証しますよ。病のかみさんを抱えていたことは知らなかったけど、あの男《ひと》の作る野菜は本当に美味しくってね……。人参《にんじん》にしても法蓮草《ほうれんそう》にしても、あの男《ひと》が作る野菜は味が深くってさ……。それだけ心を込めて作っているのかと思うと、食べるあたしたちも有難《ありがた》さが倍増するってもんでさ！　あんな野菜を作れる男に悪い男《ひと》がいるはずがない！　おさとも靖吉さんのそんな真摯《しんし》な姿に惚れ込んだのだろうからさ」

「そうだよ。おさとがそんな男に惚れたのは、仲蔵さん、おまえさんを父親《てておや》に持ったからじゃないかえ……。おさとはね、靖吉さんが野菜作りに心血《しんけつ》を注《そそ》ぐ姿に、父親《てておや》の姿を重ね合わせたに違いないんだ……」

お葉がそう言うと、仲蔵は鳩が豆鉄砲を食ったような顔をした。

「俺の姿を……。おさと、本当なのかよ？」

仲蔵がおさとに目を据える。

おさとは含羞《はにか》んだように目を伏せた。

「だって、あたしが子供の頃、おとっつァん、言ってたじゃないか……。美味《うま》くなれ、美味くなれって念仏を唱《とな》えながら雑草を抜き、水を撒《ま》いてやると、作物は必ずや応《こた》えてくれるって……。それで、あたし、靖吉さんの話を聞いていて、おとっつァんを思い出したの」

「おさと、おめえ……」

仲蔵はそれ以上何も言えなかった。

そうして、首に巻いた手拭を抜き取ると、チーンと音を立てて洟《はな》をかみ、改まったように頭を下げた。

「おさとのことをよろしく頼んます。あっしはもう何も言いやせん……。おさとの幸せだけを願っておりやすんで、どうかお願《ねげ》ェ致しやす」

仲蔵はそう言うと、天秤棒に空《から》になった籠をぶら下げ、葛西に帰って行った。

その夜の夕餉は野菜づくしとなった。

南瓜と茄子、隠元豆の煮物、隠元豆の胡麻和《ごまあ》え、枝豆、瓜と茗荷の酢物《すのもの》、小鰺《こあじ》の南蛮漬《なんばんづけ》、枝豆ご飯、人参や大根《だいこん》、椎茸《しいたけ》、油揚《あぶらあげ》、蒟蒻《こんにゃく》、葱《ねぎ》の入った具沢山汁《ぐだくさんじる》……。

「夕餉を一緒にと誘ったのに、野菜づくしで悪かったね。なんせ、おさとの実家《さと》から野菜がどっさり届いたもんでさ……」

お葉が石鍋重兵衛に酌《しやく》をしようとする。

重兵衛は敬吾の顔をちらと流し見た。

「敬吾、いいか？　一杯だけなら……」

「どうぞ、構いません」

「なんと、石鍋さまが敬吾さんにお伺《うかが》いを立てるとはよ……」

正蔵が驚いたといった顔をする。

「なに、それがしには、恥ずかしくてあまり大っぴらに言えない前歴があるものでな……」

重兵衛が照れ臭そうに言い、ゆっくり盃《さかずき》を口に運ぶ。

まるで、愛《いと》しいものに再会したといった感じである。

根っからの糟喰《かすくらい》（酒飲み）なのであろう。

が、見たところ、そんな糟喰も久しく酒を口にしていないとみえる。

というのも、重兵衛には、酒に溺《おぼ》れ、お葉の前で醜態《しゅうたい》を見せたという苦い思い出があった。

三代前から浪々《ろうろう》の身を余儀なくされる重兵衛は、一人息子の敬吾にだけはなんとか仕官の道をと焦《あせ》っていたが、そんな折、八両出せば御家人株《ごけにんかぶ》を取得した金物屋の養子を斡旋してやると、ぼた餅《もち》で叩かれるような話が舞い込んできたのである。

手習指南をして父子《おやこ》二人がなんとか立行《たちいき》している重兵衛には、八両を捻出《ねんしゅつ》するのは並大抵のことではなかった。

が、この機を逃せば、二度とこんな甘《うま》い話は転がり込んでこないであろう。

重兵衛はいつか敬吾が仕官するときのためにと、これまでこつこつと貯《た》めてきた六両二分に、蔵書や亡くなった妻瑞江《みずえ》の着物を売って作った金を加え、間に入った出入《でいり》師《し》の男に渡したという。

ところが、これが口三味線《くちじゃみせん》もいいところ……。

金を渡した途端、追って連絡すると言ったきり、岸本《きしもと》という出入師が姿を晦《くら》ましてしまったのである。

重兵衛は慌てふためいたが、後の祭……。

迂闊《うかつ》にも、重兵衛は金物屋の名はおろか、養子になる子供を探しているというご隠居の名前も聞いていなかったのである。

騙されているのではなかろうかと、そんな不安がなかったと言えば嘘になる。が、岸本という男は言葉たくみに重兵衛の心を操《あやつ》り、疑うのであればこの話はなかったことにしてもらってもよいと、暗に養子候補は他にもいることを仄めかした。重兵衛は疑ったがために話が流れてしまうのを懼れ、岸本の機嫌を損《そこ》ねてはならないと、信じることに努めたのである。

その結果、まんまと騙されてしまったのであるから、重兵衛は自分の莫迦《ばか》さ加減に居たたまれなくなり、瑞江を亡くして以来断《た》っていた酒へと逃げたのだった。

お葉に助けられたのは、そんなときだった。

懐不如意《ふにょい》のまま油堀《あぶらぼり》沿いの煮売酒屋《にうりざかや》に入り、その日もどろけん（泥酔《でいすい》）になったところで鳥目《ちょうもく》（代金）を払えと迫られ、危《あや》うく腰の大小を取り上げられそうになっていた。

たまたま通りすがったお葉が、さっと割って入った。

「お待ち！　黙って聞いてりゃ、なんだえ！　どぶ酒の五杯や六杯のことで、斬《き》ったの張ったの、大の男がみっともないじゃないか！」

そのときまで、お葉は見世から叩き出された男が浪人とまでは判《わか》っていたが、まさか、石鍋重兵衛であるとは気づいていなかった。

「石鍋さま、どうして……」

お葉には状況が摑めず、目を瞬《しばたた》いた。

結句、そのときはお葉が鳥目を払ってやり、その場はなんとか収まったのである

が、何ゆえ重兵衛がこんなことを……。

お葉は黒江町の日々堂まで重兵衛を連れ帰ると、改めて話を聞いた。

すると、重兵衛は金を騙し取られたことを打ち明け、六両二分は自分の不徳の致す

ところと諦めなければならないが、蔵書を売ってしまったことがなんとしても残念で

堪らず、せめて蔵書だけでも買い戻せたら……、と肩を落とした。

お葉は訊ねた。

「それは如何《いか》ほどですか?」

「えっ……」

「ですから、蔵書を古本屋に売った金額です」

「一両と一朱……。父とわたしの代で苦労して集めたもので、本来ならば、二両や三

両の値がついても不思議はないのですが、足許《あしもと》を見られたのでしょう」

「解りました。石鍋さま。その金をあたしが立て替えようではありませんか」

「女将が？　そんな……。いえ、お気持だけで嬉《うれ》しゅうございます。そこまで甘えるわけにはいきません」

「ですから、立て替えると言ったでしょう？　差し上げるわけではありません。蔵書は石鍋さまにも敬吾さんにも、そして、もしかすると清太郎も含め、師弟たちにもいつ必要となるやもしれません。その意味でも、是非《ぜひ》にも買い戻してほしいのです。ですから、あたしがその金を石鍋さまにお貸ししたとしても、返済は決して急がなくともよいのです。石鍋さまが払えるだけ、いつまでかかっても構いません。少しずつ返して下さればいいのですよ」

お葉と重兵衛の間で、そんな約束が交わされたのである。

以来、重兵衛は付き合いで口に湿りをくれる程度は飲んでも、それ以上の酒を口にしようとしなかった。

根が糟喰だけに、勢いがつけば留《とど》めようのないことを知っていたからである。

「おっ、石鍋、なんだえ、その脂下《やにさ》がった顔は！」

剣術の稽古から戻っていた、日々堂で代書をして暮らす戸田龍之介《りゅうのすけ》がひょいとくら返す。

「おばさま、野菜づくしっていいものですね。うちでは滅多に食べることがない野菜ばかりで、わたしは嬉しいです!」

さすがは敬吾、如才《じょさい》がない。

このひと言で、お葉やおはまがどれだけ気をよくするのか、ちゃんと知っているのである。

「おいらは野菜より、小鯵のほうがいいや!」

清太郎が槍《やり》を入れる。

「清坊《せいぼう》はおとっつァんに似て、魚食いだもんな!」

正蔵が目を細める。

そうだった……。

甚三郎も小魚には目がなかったのである。

小鯵、小鰭《こはだ》、小鰯《こいわし》、沙魚《はぜ》、鱚《きす》と、甚三郎は小魚を好んで食べた。

いわゆる雑魚《ざこ》なのであるが、甚三郎に言わせれば、雑魚ほど美味《うま》いものはないそうである。

「明日は霊迎《たまむか》えなんで、精霊棚《しょうりょうだな》や店衆のためにちらし寿司《ずし》を作りますからね。海老《えび》や穴子《あなご》、小鰭といったものを魚屋に頼んであるんですよ。そうだ! 石鍋さまも敬吾さんも、明日またいらっしゃるといいですよ」

おはまが龍之介の茶碗《ちゃわん》に枝豆ご飯を装《よそ》いながら言う。

「そうだよ、それがいい！　ねっ、敬吾さん、そうなさいよ」

お葉が言うと、清太郎も燥《はしゃ》ぎ声を上げる。

「ヤッタ！　明日また一緒に敬ちゃんと夕餉が食えるんだ！　敬ちゃん、おいらと一緒に迎え火を焚《た》こうよ」

あっと、敬吾が重兵衛を窺う。

「いや、それが……。明日は源光寺《げんこうじ》に詣《まい》ろうかと思っているのでな。敬吾には寺の門前で迎え火を焚くようにと言ってありますので……」

ああ……、とお葉が頷く。

先《さい》つ頃《ごろ》、亡くなった好江《よしえ》にとっては、今年は新盆《にいぼん》である。

通常、迎え火は自宅の門前で焚く。

だが、材木町の裏店は、重兵衛、瑞江、敬吾が暮らした場所……。

おそらく、重兵衛はそこに好江の御霊《みたま》を迎えることを憚《はばか》ったのに違いない。

その点、源光寺ならば、重兵衛の先祖ばかりか、瑞江も好江も眠っている。

そこでなら、瑞江に気を兼ねることなく、好江の御霊を迎えられると思ったのではなかろうか……。

そこまで気を遣うとは、いかにも重兵衛らしい。

重兵衛は瑞江を妻に娶《めと》った後も、好江への想いが断ち切れなかったことで、いまだ後ろめたさが拭えないのであろう。

「変なの！　迎え火って、家で焚くもんじゃないの？」

清太郎がお葉に訊ねる。

「そうとばかりは言い切れないんだよ。寺の門前で焚くこともあるんだからさ」

「へえェ、そうなんだ……。じゃ、敬ちゃん、明日はうちに来ねえのか……」

途端に清太郎が潮垂れる。

「そんなことはないさ。墓詣りを終えてから来ればいいんだからさ。そうしたら、夕餉を一緒に食べられるだろう？」

「あっ、そっか……。良かったね、敬ちゃん！」

清太郎が無邪気に目を輝かせ、敬吾の顔を覗き込む。

「さあさ、皆、たんとお上がりよ！　敬吾さん、お代わりは？」

「はい。頂《いただ》きます」

「おっ、おはまさん、俺もお代わりだ！」

龍之介が負けじと茶椀を突き出す。

その恰好《かっこう》が、お葉と正蔵の笑いを誘った。

まっ、なんだろうね、戸田さまは……。大の大人が子供と競《きそ》うなんて……。


夕餉の膳《ぜん》が下げられ、お葉が改めて食後の茶を淹《い》れる。

「実はね、今宵二人に来てもらったのは、ちょいと話があってさ……」

お葉が焙《ほう》じ茶を淹れながら、重兵衛と敬吾を交互に見る。

「敬吾のことですね？　おそらくそうではないかと思っていました。実は、わたくしもそのことを気にしていまして……。だが、退塾はすでに決まったことだし、今さら溜《た》まった月並銭を払っても、二度と明成塾には戻れません。とはいえ、敬吾はまだ十二歳です。昌平坂学問所《しょうへいざかがくもんじょ》の予備塾は何も明成塾だけではありませんので、再度、元服する頃に挑戦するということで、そのときまで懸命に金を貯めることにしました。それまでは、現在《いま》ある蔵書で独学ということになりますが、敬吾ならやり徹《とお》せると信じていますゆえ、ご案じ下さいますな」

重兵衛が、きっぱりとした口調で言う。

お葉は重兵衛の前に湯呑を置き、首を傾げた。

「石鍋さまはどうあっても敬吾さんを学問の道に進ませたいようだが、学問を究《きわ》めたとして、その後、どうするつもりなのかえ？　儒者《じゆしや》になったとしても、どこぞに仕官が叶わない限り、口を漱《すす》いで（生活して）いけない……。しかも、仕官が叶うことなんて滅多にあることではないんだろう？　それより、敬吾さんはもっと他人《ひと》のためになる道を歩んだほうがいいのじゃないかと思ってさ……」

お葉の言おうとすることが解らないとみえ、重兵衛がとほんとする。

「他人《ひと》のためになる道とは……」

「いえね、先日、敬吾さんにはこんな生き方もあるんだよって、少しだけ仄めかしておいたんだけどさ……。石鍋さま、敬吾さんを医者にならせる気はないかえ？」

「医者？　敬吾が医者ですか……」

「ああ。幸い、医者になるには身分も資格も必要ないからさ……。立派な医者の下《もと》につき、本人に学ぶ意思さえあれば叶うことなんだ。それに、なんといっても、医者は病人を救うことができるからね。これほど他人《ひと》のためになる生き方はない……。あたしは敬吾さんのように聡明な若者こそ、医術の道に進むべきだと思ってさ」

お葉はそう言い、ちらと敬吾に目をやった。

敬吾の目が輝いている。

「どうだえ？　敬吾さん」

「はい。伯母上《おばうえ》が胸の病で亡くなられ、あれからわたしも考えてみました。労咳《ろうがい》といえども、もっと早く手当をしていれば、重篤《じゅうとく》にならずに済んだのではなかろうか……。そう思うと、無念でなりませんでした。伯母上ばかりではありません。世の中には医者にかかりたくてもかかれない貧しき民《たみ》がたくさんいます。そんな弱者に手を差し伸べることができないものだろうか……。それが、わたしの進むべき道なのではなかろうかと、そう思っています」

敬吾はきっぱりと言い切った。

「敬吾、おまえは……。では、学問の道、仕官への望みを諦めるというのだな？」

重兵衛が驚いたように敬吾を瞠める。

「諦めるのではありません。わたしのほうから縁を切りたいと思います。正直に言います。これまで、わたしが仕官することは父上の望みと思い、黙って父上が敷《し》かれた道を歩んできましたが、何ゆえ、そこまで武家に拘《こだわ》らなければならないのか疑問に思っていたのです。ですが、こんな生意気なことを言って、では、自分は何をしたいのかと自《みずか》らに問いかけてみても、なかなかその答えが見つかりませんでした……。

ところが、伯母上の死という現実を目の当《ま》たりにして、永いこと探し求めていた答えがやっと出たという想いがしたのです」

敬吾がそう言うと、それまで口を挟むことなく黙って耳を傾けていた龍之介が、ポンと膝《ひざ》を打った。

「敬吾、よくぞ言った！　そうよ、武家が何ほどのものよ。これまで俺も口が酸《す》っぱくなるほど石鍋にそう言ってやったんだが、こいつ、歳《とし》に似合わず存外に鉄梃《かなてこ》親父でよ！　武家として生まれたからには、なんとしてでも武家の矜持《きょうじ》を全《まっと》うしなければならぬと言ってよ。どだい、武家の矜持とはなんぞや？　ありもしない仕官の口を待ち続けることとか？　しかもよ、仮に夢が叶ったとして、そこになにがあるってェのよ……。何もありゃしないんだ！　大工や左官なら、てめえが手掛けた仕事をてめえの目で確かめられるし、商人《あきんど》は商人で、やればやっただけの応えが返ってくる。ところが、仕官が叶ったとしても、幕府や藩の下っ端《ぱ》にすぎず、与えられた仕事を黙々と熟すだけで、成果があったのかどうか、それすら確かめられないんだぜ？　その点、医者は違う。お葉さんや敬吾が言うように、てめえの手で病人を救うことができるんだからよ！　敬吾、俺は賛成だ」

「そうですよね。あっしも同感でやす。で、女将さん、敬吾さんを医術の道に進めさせるとして、どうなさるおつもりで？」

正蔵が身を乗り出す。

お葉はふわりとした笑《え》みを返した。

「友七親分が尽力して下さってね。佐賀町の添島立軒さまに口利《くちき》きして下さったんだよ」

「えっ、立軒さまに！　そいつァ、ずいぶんと手回しがいいや。それで、立軒さまはなんと？」

「敬吾さんが明成塾に通えなくなった事情を納得して下さってね。敬吾さんに医術を教えるのは吝《やぶさ》かではないが、なんといっても、十二歳ではまだ早すぎると言われるんだよ……。けど、親分はそんなことで引き下がる男《ひと》じゃないからさ。当面は下働きでもなんでもいいから立軒さまの傍に置き、医者というものがどんなものなのか学ばせてやってほしいと頼んだそうでさ」

お葉はそこで言葉を切ると、重兵衛を流し見た。

重兵衛は腕を組み、苦虫《にがむし》を嚙《か》み潰《つぶ》したような顔をしている。

「それで、立軒さまはなんと？」

おはまが訊ねる。

「診療所に住み込みというのであれば、受け入れてもいいってさ……」

おはまがほっと安堵《あんど》したように、正蔵と顔を見合わせる。

「おっ、良かったじゃないか！　どうだ、敬吾、添島さまの許《もと》に行ってみるか？」

龍之介が敬吾を覗き込む。

敬吾は気遣わしそうに重兵衛に目をやると、父上がお許し下さるのであれば、わたしは参りとうございます、と答えた。

全員の目が重兵衛に集まる。

「…………」

重兵衛は目を閉じたままである。

「どうしてェ、石鍋。なんとか言えよ！」

龍之介が声を荒げた。

「…………」

「もう、焦れったいったらありゃしない！　石鍋さま、敬吾さんが返事を待ってるんだ。いいのか悪いのか、はっきり言ってやんなよ！」

お葉が気を苛ったように言う。

「父上……」

敬吾の縋るような声を聞き、重兵衛がようやく目を開ける。

「いいも悪いもない。敬吾の腹がそこまで固まっているのであれば、親として、もう何も言うことはない！」

重兵衛は怒ったような言い方をした。

「ああ……、父上はやはりご不満なのですね？」

「不満だと言ったら、止《よ》すか？」

「いえ、止しません。添島立軒さまは長崎で西洋医術を学ばれた立派な医師と聞きました。そのようなお方について学べるとは、身に余る光栄と思います。父上の意に背《そむ》くようで申し訳ありませんが、どうか、わたしに医術を学ばせて下さいませ。お願い致します」

敬吾は深々と頭を下げた。

その姿が、おはまの涙を誘った。

「なんと、健気《けなげ》じゃないか……。石鍋さま、許してやって下さいよ」

おはまが涙ながらに懇願《こんがん》する。

「そうだぜ！　石鍋、快く送り出してやろうじゃないか」

龍之介も焦れったそうに言う。

「ああ、解った。おまえの好きにするがよい……」

どうにもすっきりしない言い方である。

となれば、長引かせたのではますますややこしくなる。

お葉はその場の空気を払うように、ポンと手を打った。

「よし、決まりだ！　おはま、西瓜《すいか》があっただろ？　西瓜を食べて、今宵はお開きとしようじゃないか」

「ヤッタ！　西瓜だ、西瓜！」

清太郎が、やっと自分の出番が来たとばかりに燥ぎ声を上げる。

どうやら、子供心にも、それまでは口を挟んではならないと辛抱《しんぼう》していたとみえる。

「清坊、寝る前《めえ》に西瓜を食って、いびったれる（寝小便をする）んじゃねえぜ！」

正蔵にひょうらかされ（からかわれ）、清太郎がべっかんこうをしてみせる。

「おいら、九歳だぜ！　誰がいびったれるもんか！」

茶の間に、ワッと笑いの渦《うず》が起こった。

が、その中にあり、重兵衛はむすっと唇を噛み締《し》めたままであるし、敬吾はと見れば、どこかしら涙ぐんでいるようにも思える。

お葉の胸に、ちかりと痛みが走った。

重兵衛はただただ無念なのであろう。無理もない。いつの日にか仕官をと三代に亘《わた》って持ち続けた夢が、ここで完全に絶たれてしまったのであるから……。

また敬吾は敬吾で、父親の気持が解るだけに、裏切ってしまったようで辛《つら》いのであろう。

が、ときが経てば、重兵衛もこの選択が間違っていなかったと解ってくれるに違いない。

お葉には、そう願うほかなかった。


翌十三日は、霊迎えの日である。

とはいえ、便り屋の仕事に待ってくれはない。

この日も相変わらず怱忙《そうぼう》を極《きわ》め、お葉と正蔵の二人は早朝から手分けして得意先への盆礼に駆け巡《めぐ》り、やっとひと息吐けたのが八ツ（午後二時）頃であった。

茶の間で遅い中食を摂《と》りながら、正蔵がお葉に訊ねる。

「それで、墓詣りはどうなさいやす？」

「行くに決まってるじゃないかえ。なぜ、そんなことを訊《き》くのさ」

「もう八ツを廻りやしたからね。明日になさってはどうかと思いやして……」

「てんごう言うんじゃないよ！　いの一番に旦那の墓に詣らないでどうすんのさ。明日に廻したんじゃ、今宵、迎え火を焚いても、旦那が旋毛《つむじ》を曲げて戻って来てくれないじゃないか！」

「おや、そうでやすかね？　女将さん、いつも言ってるじゃありやせんか……。旦那はいつもあたしの傍にいてくれるんだって……。てこたァ、迎え火なんか焚かなくても、いつもここにいるってことでやしょ？」

正蔵は戯《ざ》れ言《ごと》のつもりで言ったのであろう。

が、お葉はその言葉にカチンと来た。

「いるさ！　いつも一緒にいてくれるさ。けど、世間がすることをしないでいたんじゃ、旦那が可哀相《かわいそう》じゃないか！　それにさ、本誓寺《ほんせいじ》には墓に詣ったときに盆礼をしようと思い後廻しにしているんだから、行かないわけにはいかない……。そうだ、清太郎を連れて行かなきゃ……。おはま、おはまァ！」

お葉が厨に向かって大声を上げる。

おはまが忙しい最中《さなか》に何用だといった顔をして、茶の間にやって来る。

「何か……」

「清太郎の姿が見えないようだが、どこに行ったんだえ？」

「いませんか？　あら嫌だ……。いったい、どこに行っちまったんだろう」

おはまはそう言うと、厨に戻った。

「…………」

「…………」

お葉と正蔵が首を傾げる。

が、しばらくして、おはまは娘のおちょうを連れて、再び茶の間に顔を出した。

「女将さん、おちょうが言うには、清坊は敬吾さんの墓詣りについて行ったらしいんですよ」

「敬吾さんの墓詣りって……。じゃ、本所《ほんじょ》の源光寺まで行ったというのかえ！」

「中食を食べた後、清坊が敬吾さんについて行ってもいいかと訊きに来たんで、この莫迦娘が、ああいいよ、と答えたっていうんですよ。すみません。あたしが傍にいなかったもんだから……。いれば、女将さんが戻ってみえたら旦那の墓詣りに行くから駄目だと止めたんですけどね」

おはまが困じ果てたような顔をする。

「だって、石鍋さまも一緒だというし、大人がついてるんだから大丈夫だろうと思って……。それに、清坊が夜はうちの迎え火に敬吾さんを付き合わせるのだから、昼間は自分が敬吾さんに付き合わなきゃなんないって言うんだもの……」

おちょうが不貞《ふて》たような言い方をする。

なるほど、清太郎の言うことは正鵠《せいこく》を射《い》ているが、問題は、そこに父親の墓に詣るという考えが欠落しているということ……。

お葉の胸に、つと寂《さみ》しさが過《よ》ぎる。

甚三郎がこの世を去って、三年……。

現在《いま》もお葉は一日たりとて甚三郎のことを忘れたことがないが、当時六歳だった清太郎も今や九歳……。

清太郎の中では、日々、父親《てておや》への想いが薄れていっているのだろう。

が、それが成長するということであり、いつまでもくしくしと哀惜《あいせき》の念に浸《ひた》っているようでは、むしろ、そのほうを危惧しなければならないのかもしれない。

せめて、清太郎が青年と呼べる年頃になるまで甚三郎が生きてくれていれば、思い出として、もっと深く清太郎の胸に刻《きざ》み込まれたであろうが……。

そう思うと、お葉の胸は恋々《れんれん》としたものでいっぱいになった。

「じゃ、清坊は明日あっしが本誓寺に連れて行きやすんで、女将さんは一人で行って来て下せえ」

正蔵が機転を利かせる。

「あっ、そうだね。それがいいさ！」

おはまも、ほっと眉を開いたようである。

「じゃ、そうしようかね」

お葉は渋々《しぶしぶ》と頷き、立ち上がった。

「供花《きようか》の菊や本誓寺への盆礼の品は、ちゃんと仕度してありますんで……」

おはまが厨に戻ると、菊の花束と素麺《そうめん》の入った箱を持って来る。

「じゃ、あとは頼んだよ。できるだけ早く戻って来て、夕餉の仕度を手伝うから……」

お葉がそう言うと、おはまとおちょうが慌てて、いえいえ……、と大仰《おおぎよう》に手を振る。

「充分、手は足りてますんで、気を遣わないで下さいな」

要するに、お葉に手を出されては足手纏いになるということだろう。

そんなことは、言われなくても解っている。

ふン、何さ！　お愛想《あいそ》のつもりで言っただけなのにさ……。

お葉は腹の中で独《ひと》りごちると、表に出た。

八幡橋《やわたばし》から一《いち》の鳥居《とりい》にかけて、通りの両側にずらりと草市《くさいち》（盆市）が立っている。

灯籠《とうろう》、提灯《ちょうちん》、素麺、茄子、瓜、蓮葉《はすは》と、盆行事で用いる品を売っているのである。

その中を、苧殻《おがら》売りが呼び声も高らかに売り歩いていく。

文月《ふづき》（七月）に入ると各地で苧殻売りの姿が見受けられるようになるが、苧殻売りにとっては今日が勝負どき……。

一つでも多くの苧殻を売り捌《さば》こうと、懸命のようである。

お葉は仙台堀《せんだいぼり》に出ると海辺橋《うみべばし》に抜け、霊巌寺《れいがんじ》の脇を通って本誓寺を目指した。

甚三郎が亡くなったのは、三年前の八朔《はっさく》（八月一日）である。

亡くなった翌年がむかわり（一周忌）で、その翌年が三回忌と二年続けて法要が行われたが、そういえば、今年は何もない。

次は三年後の七回忌……。

ふっと、甚三郎が次第に彼岸《ひがん》の彼方《かなた》に遠ざかって行くように思えた。

甚三郎はいつもあっちの傍にいる……。

そう胸に言い聞かせていても、この頃うち、ときとして甚三郎のことを忘れていることがある。

茶の間で清太郎や龍之介、正蔵、おはまと愉しげに語り合っているとき、心《しん》から笑い転げ、あとで仏壇に、ごめんよ、と手を合わせたこともあった。

それだけ現在《いま》のお葉が幸せということなのであろうが、その幸せを与えてくれた甚三郎を決して忘れてはならない。

お葉は本誓寺に着くと、甚三郎の墓に詣り、手を合わせた。

「おまえさん、あたしが日々堂の女主人となって三年……。此の中、やっと山源《やまげん》（飛脚問屋の総元締《そうもとじめ》）もあたしのことを認めてくれたみたいで、もう以前のように縄張り争いで揉《も》めることはなくなったからさ……。正蔵やおはま、店衆の皆が支えてくれ、お陰さまで現在《いま》の日々堂には何ひとつ案じることはないいんだよ。清太郎も今や九歳……。この頃うち、ますます面差《おもざ》しがおまえさんに似てきて、さぞや凜々《りり》しい男になってくれるだろうと、あたしは現在《いま》から愉しみにしているんだよ。ごめんね、今日連れて来られなくて……。けど、明日、正蔵が連れて来ると言ってるんで、許してやって下さいね」

お葉は墓の前に蹲《うずくま》り、長々と甚三郎に語りかけた。

ふっと、背後から温かい手で身体が包み込まれたように思った。

あの男《ひと》だ……。

甚さんがあっちを抱き締めてくれているんだ……。

お葉の目から、ぽろりと涙が零《こぼ》れた。

線香の煙が渦を巻くようにして、天に昇っていく。

誰かが言っていたが、線香の煙が綺麗《きれい》な渦を描くのは、御仏《みほとけ》が悦《よろこ》んで下さっている証拠……。

本当か嘘かは知らないが、お葉にはこの渦が甚三郎の応《こた》えのように思えた。

そうして、お葉は本誓寺の住持《じゆうじ》に挨拶《あいさつ》を済ませ、本所の要律寺《ようりつじ》へと廻った。

要律寺はお葉の実家《さと》よし乃屋《のや》の檀那寺《だんなでら》である。

お葉の父嘉次郎《かじろう》が、ここに眠っているのである。

十七年前、御船蔵前《おふなぐらまえ》で太物商《ふとものしよう》よし乃屋を営《いとな》んでいた嘉次郎は、女房の久乃《ひさの》に見世の有り金すべてを持ち出され、遣《や》り繰《く》りに困り高利の金に手をつけ、それが原因《もと》で身代限《しんだいかぎ》りとなり自裁した。

当時十歳だったおよう（お葉）は、友七親分の世話で芸者置屋《おきや》喜之屋《きのや》の住み込みとなり、芸の道に生きることに決めたのだが、上方《かみがた》から来た陰陽師《おんみようじ》に入れ揚《あ》げた母久乃をどうしても許すことができず、恨み骨髄《こつずい》に徹《てつ》していた。

おとっつァんはおっかさんに殺されたんだ……。

そう思うと、生涯、久乃のことを許せないと思ったのである。

が、そんな想いは、甚三郎と心底尽くになってから一掃《いっそう》された。

人を祈らば穴二つ……。

人を呪《のろ》い殺そうとする者は、自分の墓穴《ぼけつ》も必要となるということだが、恨んでいても何ひとつ解決にはならない。

それより、許す心が肝要で、後ろを振り返ることなく前へと歩んで行かなければならないのである。

そのことに気づかせてくれたのが、甚三郎だった。

以来、お葉の心はすっかり楽になり、許すことがいかに大切なことかと知ったのである。

が、当時、久乃と一緒に上方に出奔《しゆっぽん》し、今は日々堂のお端女になったお富の話では、久乃は死んだのではなかろうかということだった。

お富の話では、京に着いた久乃は桃源郷《とうげんきよう》があるというのは真っ赤な嘘で、騙されたと知り、女衒《ぜげん》に売られるくらいならと首括《くびく》りしようとしたそうである。

幸い、そのときには事前に見つかり事なきを得たのだが、久乃の気性《きしょう》なら、生き恥を晒《さら》すより死ぬことのほうを選ぶのではなかろうか……、とお富はそう言ったのである。

従って、お葉には久乃が生きているのか死んでいるのかいまだに判らない。

いずれにしても、見世の有り金すべてを持ち出し、嘉次郎を死に追いやった久乃の罪は、すでに贖《あがな》われていると思わなくてはならないだろう。

お葉は嘉次郎の墓を目の端《はし》に捉《とら》え、あっと息を呑《の》んだ。

昨年の盆もそうだったが、今年もまた、大輪菊《たいりんぎく》や竜胆《りんどう》が花立てに供《そな》えられているのである。

かつて嘉次郎と不義の間柄であった千草《ちぐさ》の花《はな》の女将、文哉《ふみや》でないことはもう確かめてある。

「ごめんよ。あたしだと言いたいところだけど、あたしはおまえのおとっつァんから身を退《ひ》き、その後、流れの里を転々として、やっと居酒屋の一軒でも出せる金を貯めて深川に戻って来たのが三月《みつき》前でさ……。よし乃屋が身代限りをしたことも、旦那が首括りしたことも知らなかったんだからさ。それに、ほら、あれから千草の花を出しただろう？　あれほど世話になったんだもの、旦那が亡くなったことを知ったからには墓詣りをしなくちゃならないのは解っているけど、なかなか本所まで脚《あし》を延ばすことができなくってさ……」

お葉が嘉次郎の墓に詣ってくれたのかと訊ねると、文哉は気を兼ねたように、そう答えたのである。

では、いったい、誰なのであろうか……。

そう思ったとき、お葉の胸が激しい音を立てた。

まさか、おっかさんが……。

お葉は茫然《ぼうぜん》と辺りを見廻した。

が、生温《なまぬる》い風が頬を掠《かす》めていくだけで、辺りに人影らしいものは見当たらなかった。

日々堂に戻ると、正蔵が食間に店衆を集め、一席打《ぶ》っていた。

「皆、ご苦労だったな。皆のお陰で、この上半期を恙《つつが》なく終えることができたことを有難く思っている。ことに盆前は書出《かきだし》（請求書）の集配で遽《あわただ》しかっただろうが、今宵は慰労《いろう》の意味で女将さんから諸白《もろはく》（上等の酒）が振る舞われるからよ……。あっ、女将さん、お帰《けえ》りでやしたか……。じゃ、女将さんから何かひと言……」

正蔵が食間に入って来たお葉の姿を認め、声をかけてくる。

お葉は正蔵の傍に寄ると、店衆を見廻した。

「今、宰領も言っていたが、皆、本当にご苦労だったね。今日は盆礼にお得意先の挨拶廻りをしてきたんだが、行く先々で、日々堂の町小使は礼儀正しいと褒《ほ》めてもらえてね。あたしにとって、どんな美辞麗句《びじれいく》よりその言葉がどれほど嬉しかったか……。皆、有難うね！　今宵はおはまをはじめ勝手方が腕に縒《よ》りをかけて馳走《ちそう》を作ってくれたんで、心置きなく食べておくれ！　ああ、それから、今回の藪入りには誰が里帰りをするのかえ？　帰りたいと思う者は気を兼ねることはないんだよ。おや、権太とおつなだけかえ？　おさと、おまえはいいんだね？」

お葉に瞠められ、おさとが挙措《きよそ》を失う。

この一年半ほど、おさとは藪入りで実家《さと》に帰ると言って帰っていなかったことが暴露《ばれ》たばかりである。

「はい……」

おさとは項垂《うなだ》れ、頷いた。

「じゃ、食事が済んでからでいいから、あとで茶の間に顔を出しておくれでないか……」

お葉はそう言うと、茶の間に戻った。

茶の間では、清太郎に龍之介、石鍋重兵衛、敬吾父子《おやこ》が顔を揃《そろ》えていた。

そこに、お葉と正蔵、おはまが加われば、いつもの顔ぶれとなる。

「これ、清太郎！　おまえ、おとっつァんの墓詣りを忘れるとは何事だえ！」

お葉が清太郎の頭をちょいと小突く。

清太郎は、へへっと首を竦めた。

「女将さん、申し訳ない……。清太郎が女将さんと一緒に墓詣りに行く約束があるとは知らなかったものだから、源光寺に誘ってしまい、悪いことをしてしまいました……」

重兵衛が恐縮して頭を下げる。

「おばさま、清坊を叱らないで下さい。誘ったのはわたしなんですから……。本当に悪かったと思っています。少し考えれば、他人《ひと》の墓に詣る前に自分の父親の墓に詣るのが筋だと解ったはずなのに、迂闊でした」

敬吾も申し訳なさそうに詫《わ》びを入れる。

「なに、いいんですよ。清太郎もあたしなんかと詣るより、敬吾さんと一緒に行くほうが愉しいと思ったんだろうからさ。けど、明日は必ず詣るんだよ。正蔵が連れてってやると言ってくれてるからさ」

「はァい！」

清太郎が間延びした声を上げる。

そこに、食間から正蔵とおはまが戻って来て、食事が始まった。

今宵の盆膳《ぼんぜん》は、ちらし寿司、鮎《あゆ》の塩焼、根深葱《ねぶかねぎ》の饅《ぬた》、浅蜊《あさり》の味噌汁《みそしる》である。

もちろん、店衆も同じお菜《さい》で、これに諸白が加わるのであるから、大ご馳走である。

「清坊はいつもこんなご馳走を食べてるのかい？」

敬吾が隣《となり》に坐《すわ》った清太郎に囁《ささや》く。

「うん、そうだよ！」

「これっ、清坊！　またそんなことを言って……。違うんですよ、敬吾さん。店衆全員に毎日こんなものを食べさせてたんじゃ、すぐに日々堂の屋台骨《やたいぼね》が傾いちまいますからね。こんな馳走を振る舞えるのは、年に一度の節季《せっき》と正月くらいなものかしら……。ほら、うちは年中三界暇なしの便り屋でしょう？　正月だろうが藪入りだろうが、見世を閉めるわけにはいかないからさ……。それで、里帰りをすることのできない店衆のために、せめて馳走を振る舞ってやりたいと思ってさ……。いえね、何を隠そう、これは女将さんが日々堂を束ねるようになられてから始まったことでしてね。女将さんが偉いんですよ！」

おはまがそう言うと、お葉が照れたような笑みを見せる。

「何が偉いもんか！　あたしは口先だけで、おはまや女衆が作ってくれるんだからさ」

「いや、それは違う！　上に立つものが音頭《おんど》を取らなければ、女衆も勝手に動くわけにはいかないからよ……。やはり、お葉さんが偉いんだよ！」

龍之介が、なっ？　と清太郎に目まじする。

「うん、そうだよ。おっかさんが偉いんだ！」

清太郎が、待っていましたとばかりに尻馬に乗ってくる。

今し方叱られたばかりで、どうやら清太郎は機嫌買いをしているようである。

「ところで、女将さん、敬吾さんはいつから添島さまのところに行くことになりやすんで？」

正蔵が思い出したように言う。

お葉はちらと重兵衛を窺った。

昨日は不承不承《ふしようぶしよう》ながらも敬吾が医術の道に進むことを容認した重兵衛だが、一夜明け、その心境は……。

そう思い顔色を窺ったのであるが、すでに諦めの境地とでも言おうか、重兵衛の顔は平然としたものである。

「おそらく、盆が明けて、友七親分が敬吾さんを立軒さまに引き合わせる手はずを整えるだろうから、何もかもそれからだ……。どっちにしたって、もうあまり日がないからさ。敬吾さん、心の準備は出来ているんだろうね？」

「はい」

敬吾が、ちらと重兵衛を窺う。

「昨夜、材木町に戻ってから、父上と話し合いましたところ、わたしの決意がそこまで固いのならと、晴れてお許しをいただきました」

重兵衛も頷く。

「だが、しっかりと釘《くぎ》も刺しておきましたぞ……。医術を志《こころざ》すからには、何があろうと弱音《よわね》を吐《は》いてはならぬ、正式に弟子と認められるまでは下働きばかりで、これがどうして医術に繋《つな》がるのだろうかと疑問に思うこともあろうが、辛抱の棒が大事、何事も一朝一夕《いっちょういっせき》にはいかぬということをよく覚えておけと、そう言ってやりました」

「ほう。石鍋もやっと目が醒《さ》めたとみえるな……。敬吾、良かったじゃないか！」

龍之介が敬吾の肩をポンと叩く。

「じゃ、敬吾さんがおとっつァんと一緒にいられるのも、あとわずか……。石鍋さま、寂しくおなりですね」

おはまがそう言うと、正蔵が、これっ、余計なことを！　と目を剝《む》く。

「…………」

「…………」

一瞬、茶の間に気まずい空気が漂《ただよ》った。

すると、重兵衛が咳《しわぶき》を打った。

「なに、子はいつか親元を離れていくものだ。それゆえ、寂しいなどとは思っていない。それに、入れ替わり立ち替わり、手習指南に子供たちがやって来るのでな。寂しいなどと言っている暇もないくらいだ。なっ、清太郎、おまえたち悪餓鬼《わるがき》には閉口しているもんな？」

清太郎がぺろりと舌を出す。

「えっ、そうなのかえ?」

お葉がめっと清太郎を睨《にら》む。

「へへっ……」

「なに、子供は元気なのが一番! まっ、そんなわけで、わたしのことは心配ご無用……」

「だが、言っておくが、夜分、敬吾がいないからといって、また酒に走ることだけはしてはならんぞ!」

龍之介がここぞとばかりに苦言を呈すと、重兵衛が驚いたといった顔をして、龍之介を見た。

「おぬし、わたしのことをそこまで体《てい》たらくと思っていたのか! 倅が他人の釜《かま》の飯を食い、苦労して医術を学ぼうとしているというのに、親父がそんなことをしてよいはずがないではないか! それに、わたしはここの女将にまだ金を返し終えていないのだ……。女将は返済を急ぐことはない、いつまでかかっても構わないと言ってくれているが、そうそう甘えているわけにはいかぬからな。そんな状況にあるというのに、酒を食らっているわけにはいかないではないか……」

「すまん……。だが、おぬし、お葉さんから金を借りたとは……」

あっと、お葉が慌てて割って入る。

「何を莫迦なことを言ってるんですよ！ 大した額を貸したというわけでもなし、さささっ、その話はもうこれで終わり！ 清太郎、敬吾さん、食べ終えたのなら、そろそろ迎え火を焚いてはどうだえ？ 早いこと焚いてあげなきゃ、ご先祖さまが戻ろうにも戻れないって、今頃、どこぞを彷徨《さまよ》っているかもしれないからさ！」

お葉がそう言うと、清太郎と敬吾の顔がぱっと輝く。

「裏庭に出ようか、敬ちゃん！」

「ああ、行こう」

「お待ち！ おっかさんも一緒に行くからさ」

お葉は清太郎と敬吾のあとを追い、裏庭に出た。

「おいらが苧殻に火を点《つ》けるからさ！」

清太郎がどこから持ち出してきたのか、火口箱《ほくちばこ》を出す。

「おや、おまえ、火口箱を持って来たのかえ？ それより、竈《かまど》の火を付木《つけぎ》に移すほうが早いだろうに……」

お葉がそう言うと、清太郎が肩を竦める。

「あっ、そうだった……」

清太郎が厨へと駆けて行く。

そうして、苧殻に火が点けられた。

風がないのか、煙が渦を描きながら真上へと昇っていく。

お葉は腰を屈《かが》め、手を合わせた。

甚さん、おまえさん、迷わずに戻って来ておくれ……。

お咲《さき》さん、おまえさんの家はここだからね。清太郎に逢いに戻って来るんだよ……。


おさとは厨の片づけを終えて、茶の間に顔を出した。

石鍋父子も龍之介もすでに引き上げた後で、茶の間には、お葉と正蔵、おはまの三人が残っていた。

「遅くなりました……」

「おさと、藪入りを取らないと言ったが、本当に葛西に帰らなくてもいいのかえ?」

お葉はおさとの目を見据《みす》えた。

「現在《いま》、葛西に帰ると、せっかく名主との縁談を諦めてくれたおとっつァんを再び惑《まど》わせることになります。それに、女将さんも本当にあたしが葛西に戻ったかどうか気を揉まれるでしょうから、これでいいんです」

おさとが俯《うつむ》いたまま呟《つぶや》く。

「では、靖吉さんに逢えなくてもよいのかえ？」

「…………」

「おはま、この前、靖吉さんがここに来たのはいつなんだえ？」

「確か、一昨日《おととい》だったように思いますがね」

「一昨日ってことは、では、おまえはまだ靖吉さんに、今度の藪入りに逢えなくなったことを伝えていないんだね？」

「はい……」

「すると、三日に一度靖吉さんがここに来るってことは、次は明日ってこと……。そうだね？」

おさとは少し間を置いて、はい、と頷いた。

「明日来たときに、十五、十六日と、どこに行くのか決めようってことになってたんで……」

「じゃ、こうしようじゃないか。明日、靖吉さんが来たら、茶の間に通しておくれ。直接、あたしが靖吉さんの腹を質してみるからさ。ねっ、それでいいだろう？」

「そうですね。それがいいですよ。女将さんの前で、まさか万八《まんぱち》（嘘）は吐けないでしょうからね」

おはまが賛同し、それで話は決まった。

が、どうしたことか、おさとが項垂れたまま動こうとしない。

「どうしたえ？　もう行ってもいいんだよ」

「………」

お葉とおはまは訝しそうな顔をした。

「何か言いたいことがあるのかえ？」

おさとは意を決したように顔を上げた。

「実は、女将さんにはまだ言っていないことがあって……。昨日はおとっつァんがいたんで、言うと、絶対に反対されると思って言えなかったんですけど、靖吉さんには娘がいまして……。五歳なんです。あたしも二度ほど逢ったことがあるのだけど、とっても可愛《かわい》い娘《こ》で、あたしにも懐《なつ》いてくれています。明日、女将さんが靖吉さんに逢えば、きっと、靖吉さんは娘のことを話すと思います。それで、いきなり聞いて驚かせるより、やはり、あたしの口から話しておいたほうがよいと思って……」

おさとが怖々《こわごわ》と上目にお葉を窺う。

「娘がいるって、おまえ……。では、その娘の面倒は誰が見ているのかえ？　だって、靖吉さんには畑仕事や担い売りがあるし、女房が病の床にいるんじゃ困るだろうに……。五歳といえば、まだ手のかかる年頃だからね」

お葉が眉根を寄せる。

「靖吉さんのおっかさんが見ているんですよ。けど、そのおっかさんも七十路《ななそじ》をとうに超《こ》えていて、この頃うち、孫の世話をするのが難儀になってきたと靖吉さんが言ってました」

お葉とおはまが呆《あき》れ返ったように目まじする。

「そんなことが仲蔵さんの耳に入ってみな？　首に縄をつけてでも、おまえを葛西に連れ帰ると息巻くだろうさ……」

「そうですよね。昨日はそこまで靖吉さんに惚れ込んでいるのなら、おさとの思い通りにさせてやってもいいかと思ったが、今の話を聞いたら天骨《てんこち》もない！　晴れて靖吉さんと所帯が持てたとしてもだよ、七十路を超えた姑《しゅうとめ》とまだ頑是ない娘の世話を、おさとが一手に引き受けなきゃならなくなるんだよ……。賛成できないね、あたしは！」

おはまが眉間《みけん》に皺《しわ》を寄せる。

「ああ、まったくだ！　俺は男だから、おさとのおとっつァんの気持がよく解るぜ。父親《てておや》なんてものはよ、娘には少しでも条件のよいところに嫁に行ってほしいし、苦労をさせたくねえと思うんだ！　俺《おり》ャ、聞いていて、これがおちょうだったらと思うと、そそ髪《がみ》が立つ（身の毛がよだつ）想いがしたぜ。悪《わり》イこたァ言わねえ。諦めな。現在《いま》なら、まだ引き返《けえ》せるんだからよ」

正蔵が蕗味噌を嘗めたような顔をする。

「そうですよ、女将さん。明日、靖吉さんが来たら、おさとのことは諦めてくれ、二度と近づかないようにと引導を渡して下さいよ。あたしもあの男《ひと》は出入り禁止にします。確かに、あの男《ひと》の作った野菜は余所《よそ》に比べて美味しいけど、何も無理してあの男《ひと》から買うことはないんだからさ！」

「止《や》めて下さい！　靖吉さんは日々堂に野菜を卸《おろ》せることが野菜作りの励みになっているんです。万が一、出入り禁止でも言い渡されたら、あの男《ひと》、張り詰めていた糸がぷつりと切れて、自棄無茶《やけむちゃ》になっちまう……。そんなことになったら、病のかみさんや娘、おっかさんまでが路頭に迷うことになるんです。昨日も言いましたが、あたしのことはいいんです。靖吉さんの何もかもを知ったうえで、それでも、あの男《ひと》の支えになりたいと思ってるんですから……。あの男《ひと》と添えるのなら、あたしは何年でも待つし、たとえ火の中水の中、どんな苦労も厭いません！　お願いです。あたしのやりたいようにやらせて下さい！」

おさとは畳に突っ伏し、泣きじゃくった。

「………」

お葉にはもう何も言えなかった。

病の女房を抱えた靖吉と添える日を待つというだけでも酷な話だが、さらに、靖吉には五歳の娘と七十路を超えた母親がいるというのである。

誰が考えても眉を顰《ひそ》めたくなる話だが、おさとはそれでも構わないと言い、そこまで靖吉に惚れ切っているのである。

恋は思案の外《ほか》と言うが、確かにそうなのであろう。

あたしだって、甚三郎に六歳の子がいると解っていて、それでも女房になりたいと願ったんだもの……。

しかも、宰領夫婦からあまりよく思われていないのを知っていて、それでも火中に飛び込もうとしたんじゃないか……。

現在《いま》、おさとに何を言っても無駄だろう。

「あい解った！　とにかく、明日、靖吉さんに逢ってみようじゃないか。話はそれからだ。ああ、大丈夫だ、安心しな。出入り禁止なんてことは口が裂けても言わないからさ」

おさとは放心したように、使用人部屋へと下がって行った。

そうして、翌日のことである。

靖吉は四ツ（午前十時）頃やって来た。

「靖吉でやす。いつも贔屓《ひいき》にして下さり有難うごぜえやす」

おはまとおさとに連れられ茶の間に入って来た靖吉は、礼儀正しく深々と頭を下げた。

浅黒く日焼けしているが、目許《めもと》涼しげな中高《なかだか》な顔をしていて、なかなか善《よ》さそうな男である。

「おまえさん、よい野菜を作るんだってね？　おはまが褒めていたよ」

お葉がお茶を勧めながら言う。

「有難うごぜえやす。そう言っていただけると、百姓冥利《みょうり》につきやす。それで、今日はあっしに何かご用で？」

靖吉がお葉に目を据える。

「おさとのことなんだがね。聞くと、おまえさん、おさとと約束を交わしているそうではないか……」

あっと、靖吉が目を瞬く。

「やはりそのことでやしたか……。へい、現在《いま》はまだおおっぴらにできる状況ではありやせんので、そのときが来たら、おさとのおとっつァんや日々堂の女将さんに頭を下げて、お願《ねげ》ェに上がろうと思ってやした」

「そのときとは、おまえさんの女房が死んだらということなんだね？」

「申し訳ありやせん。いかに死にかけているといっても、妻子持ちのあっしが女房が死んだ後のことを約束するなんて、理道《りみち》に反していると重々承知してやす。けど、おさとへの想いがどうにも抑《おさ》え切れねえもんで……。おさともいつまでも待つと言ってくれるもんだから、つい、その気になって……。さぞや、お怒りのことと思いやす。けど、あっしはおさとを幸せにしてみせやす！　現在《いま》でも、こいつが美味《うめ》ェ野菜を待っていてくれると思うと、野菜作りに励みが出やす。一緒になれれば、もっともっと美味《うめ》ェ野菜が作れるかと……」

「おまえさんのおさとへの想いは解ったよ。けど、あたしが一番引っかかるのは、死《し》病《びょう》に冒《おか》されているといっても、おまえさんの女房はまだ死んだわけではない！　それなのに、おさとと約束を交わすということは、女房が一日も早く死んでくれるよう願っていることと同じだろ？　それに、現在《いま》の状態では、おまえさんたちは不義を働いていることになるんだよ。女房にすまないと思わないのかえ！」

お葉が靖吉の顔を瞠める。

靖吉は苦渋《くじゅう》に満ちた顔をした。

「靖吉さんを責めないで下さい！　靖吉さんのかみさんが永年病の床にいると聞き、あたしのほうから靖吉さんを誘ったのですから……。だって、世の中には、女房がいても女郎屋《じょろうや》に女郎を買いに行く男がごまんといる……。だったら、あたしが靖吉さんだけの女郎になったっていいと思ったんです。かみさんが死んだら女房にしてくれと頼んだのも、あたしなんですよ。この男《ひと》は優しい男《ひと》だから、病のかみさんに三行半《みくだりはん》を突きつけるようなことはできない……。あたしはこの男《ひと》のそんなところが好きなんです。ですから、あたしは待たなきゃなんない！　いつまでも待つつもりです……」

「おさと、もういい。いいんだよ……。確かに、おめえのほうから言い出したことかもしれねえが、俺《おり》ャ、おめえに言われる前《めえ》からそうしてェと思っていたんだからよ……」

靖吉とおさとが手を取り合う。

二人の目に涙が溢れ、つっと頬を伝った。

「おまえたちの気持は解ったよ。あたしにはもう何も言えない。が、筋は通さなきゃならないからね。ひとつ訊きたいのだが、靖吉さんの女房はあとどのくらい生きられそうなんだえ？」

靖吉はお葉の言う意味が解らなかったとみえ、とほんとした。

「医者は三月《みつき》は保たねえだろうと……。けど、なんでそんなことを……」

「だったら、それまで二人は逢瀬を止すんだね！　せめて、かみさんに対してそのくらいの筋は通さなきゃ……。だが、誤解してもらっては困るよ。これまで通り、三日に一度、野菜を届けに来るのは構わないんだからね。ねっ、それなら、まったく逢えないというわけではないし、おさともいつまでも待つと言ったんだから、三月《みつき》やそこら辛抱できないことはないだろう？　それさえ守れば、そのときが来たら、あたしが葛西のおとっつァんに頭を下げて頼んでやるからさ！」

あっと、靖吉とおさとが顔を見合わせる。

「どうだえ、できるかえ？」

「できやす！　なっ、おさと、できるよな？」

「はい、できます」
二人の顔に安堵の色が浮かぶ。
お葉は、これでどうだえ？　と言いたげに、おはまに目をやった。
おはまは納得したとばかりに黙って頷いた。
靖吉が帰って行き、お葉は仏壇に手を合わせた。
おまえさん、これで良かったんだよね？
慕《した》い合う二人を無理に引き離しても、決してよいことはないもんね。
きっと、あの二人は縁《えにし》の糸で結ばれてるんだろうさ。
甚さんとあっちがそうだったように……。
蠟燭《ろうそく》の灯が激しく瞬《また》いた。
そうでェ、なるようになるさ……。
甚三郎が応えてくれたのである。
お葉の胸が、ぽっと温かいもので包まれていった。

紅染月《べにそめづき》

戸田龍之介が稽古《けいこ》を終え、井戸端で諸肌脱《もろはだぬ》ぎになって汗を拭《ぬぐ》っていると、三崎小弥《みさきこや》太《た》が、おい、と声をかけ、小走りに寄って来た。

「おぬし、帰りを急ぐのか？」

三崎が額《ひたい》の汗を手拭《てぬぐい》で拭いながら訊《たず》ねる。

「いや、別に……」

「だったら、ちょいと付き合わないか？」

三崎が指先で酒を飲む仕種《しぐさ》をする。

「ああ、構わないが……。で、どこに行く？」

「北森下町《きたもりしたちょう》に姉貴が働いている居酒屋があると言っただろ？　そこに行かないか？」

「ああ、とん平《ぺい》とかいったな。だが、あそこはいつも満員で、行っても坐《すわ》れないのでは？」

「いや、今宵《こよい》は大丈夫だ。道場に来る前に見世《みせ》を覗《のぞ》いて、御亭《ごてい》に稽古を終えたら顔を出すので、二人分、席を空《あ》けているようにと伝えておいたのでな」

なんとも手回しのよいこと……。

すると、この前、龍之介が奢《おご》ったことへの返しをしようと思っているのであろうか……。

この春のことである。

あのときも、やはり稽古を終えて帰ろうとすると、三崎が付き合わないかと声をかけてきて、三崎の姉が板場衆《いたばし》として働くとん平に案内されたのだが、生憎《あいにく》とん平は満席で、二軒先の瓢《ひさご》という見世に行った。

ところが、三崎は自分から誘っておいて、懐《ふところ》不如意《ふにょい》だという。

どうやら、三崎はとん平なら姉の誼《よしみ》でただ同然で飲めると思っていたらしく、当てが外《はず》れたようであった。

それで、瓢は龍之介が勘定を払うことになったのであるが、三崎はそのときのことを気にしていて、借りを返すつもりなのであろうか……。

それとも、師範代となった田邊朔之助《たなべさくのすけ》の鼻持ちならない態度に業《ごう》を煮《に》やし、繰言《くりごと》のひとつでも言いたいのであろうか……。

いや、待てよ……。

確か、あのとき三崎は婿《むこ》養子の話が進んでいると言っていたが、では、本格的に話が纏《まと》まったのであろうか。

咄嗟《とっさ》にそんな想《おも》いが龍之介の脳裡《のうり》を駆け巡《めぐ》った。

が、龍之介は稽古着の袖《そで》を肩に戻すと、

「そいつは愉《たの》しみだぜ！　美味《おい》しいと評判の、三崎の姉さんが作った料理が食べられるとはよ……」

と笑ってみせた。

とん平は相変わらず混んでいた。

だが、三崎が前もって予約を入れておいたせいか、御亭は三崎の姿を認めると、長《なが》飯台《はんだい》の一番奥の席を指差した。

樽席《たるせき》につくと、小女《こおんな》がカタカタと下駄音も高く、銚子《ちょうし》を運んできた。

まだ何も注文していない。

三崎と龍之介が訝《いぶか》しげに顔を見合わせると、御亭が世辞笑いをしながら寄って来た。

「三崎さま、この度《たび》は縁談が纏まられたとか……。今宵は是非《ぜひ》にもあたしどもに祝わせていただこうと思いましてね。料理はお委《まか》せってことでよろしゅうございますな？」

御亭が揉《も》み手をしながら三崎に笑いかける。

あっと、龍之介は三崎に目をやった。

「申し訳ありません。気を遣《つか》っていただきまして……」

「なんでも、お相手は門番同心の一人娘だとか……。ということは、三崎さまが婿養子に入られるわけでしょう？　女《おな》ごならば、こういうのを玉《たま》の輿《こし》に乗ると言うのでしようが、三崎さまは男だから、逆玉《ぎやくたま》の輿……。あっ、申し訳ありません。つい、余計なことを……。では、ごゆるりと召し上がって下さいまし」

御亭が下がって行き、突き出しの茸《きのこ》の和《あ》え物《もの》が運ばれてくる。

「なんだよ、三崎、水臭いではないか！　縁談が纏まったのなら、なぜもっと早く言わないんだよ。で、祝言《しゆうげん》はいつなんだ？」

龍之介が三崎に酌《しやく》をしながら訊ねる。

「重陽《ちようよう》（九月九日）の日だ……」

「重陽といえば、あと一月《ひとつき》もないではないか！」

「ああ……」

三崎の顔に、つと翳《かげ》りが過《よ》ぎった。

「ああって……。どうした、あまり嬉《うれ》しそうではないようだが……」

「……………」

三崎は深々と太息《ふといき》を吐《つ》いた。

すると、そこに刺身盛《さしみも》りが運ばれてきた。

紅葉鯛《もみじだい》と細魚《さより》、烏賊《いか》の刺身である。

それらが梅鉢《うめばち》の中に彩《いろど》りよく盛られていて、防風《ぼうふう》、穂紫蘇《ほじそ》、山葵《わさび》が添えられている。

三崎の話では、とん平の板場は三崎の姉が仕切っているというが、とても女ごの包丁捌《ほうちょうさば》きとは思えない。

千草《ちぐさ》の花《はな》の板頭《いたがしら》に匹敵するかと思えるほどの包丁捌きなのである。

「まっ、食おうではないか……」

三崎はそう言うと、お手塩《てしょ》のたまり醬油《じょうゆ》に山葵を溶《と》かした。

龍之介は紅葉鯛の刺身の上に山葵を載《の》せると、醬油をちょいとつけ、口に運んだ。

春の鯛は格別だが、紅葉鯛も脂《あぶら》が乗っていて、とろりとした甘さが口の中に広がっていく。

続いて、細魚へと箸《はし》を伸ばす。

細魚はこれからが旬である。

鯛と違ってさっぱりとした味で、これがまた堪《こた》えられない。

三崎は黙々と食べている。

「おっ、酒はどうだ……」

龍之介が銚子を手に酒を勧《すす》める。

三崎は、すまん、と呟《つぶや》き、酌を受けた。

「さっきの話だがよ。おぬし、この縁談に気が進まないのか？」

「………」

「登和《とわ》どのといったかな？　見合らしきことをしたのであろう？　では、気に染まなかったのか……」

龍之介が三崎を瞠《みつ》める。

三崎は慌《あわ》てて首を振った。

「気に染まないなんて、滅相《めっそう》もない！　登和どのは次太夫《じだゆう》が恋い焦《こ》がれた女《ひと》だけに、見目好《みめよ》い女ごだった……」

「ならば、なにゆえ、そのような顔をしている！　相手は格上の家格で、しかも、登和どのは美印《びじるし》（美人）だというのに、何が不満だというのよ……」

「不満だとは言っておらぬ。俺には過ぎた縁組だと思っている……。ただ……」

三崎はそこで言葉を切ると、苦渋《くじゅう》に満ちた顔をした。

「ただ、なんだっていうのよ」

「前におぬしにも言ったと思うが、元を糺《ただ》せば、この話は俺の竹馬《ちくば》の友である佐々見《ささみ》次太夫のところに来た話でよ……。次太夫は小揚者頭《こあげものがしら》の次男坊で、一方、登和どのは門番同心桜木直右衛門《さくらぎなおえもん》どのの一人娘とあって、非の打ち所のない縁組だった。ところが、次太夫が突然の病《やまい》で、わずか一月《ひとつき》床に就《つ》いただけで亡くなった……」

「ああ、聞いた……。確か、次太夫が病の床で、登和どのの婿にはおぬしがよいと推挙して、この話がおぬしの許《もと》に廻《まわ》ってきたのだったよな？」

「俺は俄《にわか》には信じられなかった……。次太夫が俺のことを気にかけてくれ、死の床で喘《あえ》ぎながらも自分の代わりに三崎をと推《お》してくれたことは有難《ありがた》い……。だが、俺は三十俵《びょう》二人扶持《ぶち》の御徒組《おかちぐみ》の次男坊だぜ？　次太夫とは比ぶべくもない！　いかに次太夫が推挙したからといっても、誰が考えても、この話がすんなり俺のところに廻ってくるはずがない……。ところが、あとから聞いた話では、佐々見さまがそう言われたのであればその通りにしてくれ、と登和どのが親御《おやご》に頼んだそうでよ……」

ほう……、と龍之介は驚いたといった顔をして、三崎を窺《うかが》った。

「登和どのがそう言ったとは、願ってもない話ではないか！」

三崎が苦々《にがにが》しそうな顔をする。

「俺もそう思ったさ。だがよ、登和どのは一度も俺に逢《あ》ったことがないのだぞ？　俺のことなど何ひとつ知らないというのに、妙ではないか……。ところが、三崎家のほうでは、ぼた餅《もち》で叩《たた》かれたようなこの話に舞い上がっちまってよ。そりゃそうだろうて……。三十俵二人扶持の御徒組の冷飯食《ひやめしぐ》いで、三十路《みそじ》を超《こ》えたというのに養子先の口ひとつかからなかった男に、またとない福徳《ふくとく》の百年目のような話が舞い込んできたのだからよ。兄貴など、この話を絶対に逃《のが》してはならないと躍起《やっき》になってよ……。それで、盆前に見合をしたのよ。そうしたら……」

三崎が、ハッと口を閉じた。

小女が秋刀魚《さんま》の塩焼と里芋《さといも》の煮物を運んで来たのである。

秋刀魚は脂が乗っていて、いかにも美味《うま》そうである。

里芋の煮物のほうも、椎茸《しいたけ》と烏賊、隠元豆《いんげんまめ》が添えてあり、千切りにした茗荷《みょうが》がふわりと上に載せてある。

なるほど、場末の居酒屋にしてはなかなか気の利《き》いた盛りつけで、三崎の姉の気《き》扱《あつかい》が端々《はしばし》に窺える。

三崎は小女が立ち去ると、わざとらしく肩息《かたいき》を吐いてみせた。

「どうした……。登和どのはおぬしが想像したとおりの美印だったのだろう?」

「ああ、想像以上だった……。次太夫が恋い焦がれたというのも頷《うなず》けたよ」

「だったら、他に何があるというのよ!」

龍之介は焦《じ》れったさについ語尾を荒げたが、すまん、続けてくれ、と三崎を促《うなが》した。


ところが、三崎が話したことは、耳を疑いたくなるような内容だったのである。

桜木登和と三崎の見合は、料理屋山古《さんこ》で行われたという。

山古といえば、深川では会席料理の平清《ひらせい》、梅本《うめもと》に次ぐ料理屋である。

むろん、三崎は一度もそんな高級な見世に脚《あし》を踏み入れたことがなく、場違いな場所に来たと気の縮《ちぢ》むような想いで見合の席に臨《のぞ》んだのであるが、ひと足先に来て待っていた登和の美しさに圧倒され、仲人《なこうど》や登和の父直右衛門の喋《しゃべ》る言葉が何ひとつ頭に入ってこなかった。

が、直右衛門が次に放った言葉に、ハッと我に返った。

「どうやら、三崎家もこの縁組を望んでおられるようなので、わたしたちは別室にて祝言の日取りなどを相談すると致しましょう……。小弥太どの、登和、しばらく二人だけで腹蔵《ふくぞう》のない話をするように……。さっ、三崎どの、参りましょう」

直右衛門が三崎の兄一郎太《いちろうた》と仲人を促し、別室へと姿を消してしまったのである。

三崎は登和と二人きりになったことで挙措《きょそ》を失った。

こうなると何を話せばよいのか判《わか》らないし、かといって、黙っているわけにもいかない。

が、しばらく沈黙が続いた後、登和が突然口を開いた。

「最初《はじめ》にはっきりと申し上げておきます。わたくしには他に好いた方がありますの」

えっと、三崎は耳を疑った。

次太夫のことを言っているのだろうかと思った。

が、登和はくすりと肩を揺《ゆ》らした。

「今、佐々見さまのことを頭に浮かべられたのではありませんか？　違います。あの方はすでに亡くなられた方……。亡くなられた方のことをいつまでも想《おも》っていても仕方がありません。というより、佐々見さまとの縁組が纏まったときには、すでにわたくしには他に思い人がいましたの」

三崎は慌てた。

「お待ち下さい！　登和どのは次太夫と相思の仲だったのではないのですか？　次太夫は十五の頃から登和どのに想いを寄せていました。それがしは次太夫から、何度登和どのの話を聞かされたことでしょう。ですから、晴れて縁組が纏まったと聞いたときには、それがしまでが天にも昇る心地《ここち》でした……。では、それは違うと言われるのでしょうか？」

登和は細く長い指を口に当て、ほほっと笑った。

「佐々見さまにはそうだったかもしれませんが、わたくしには他に心に決めた方がいましたの」

「では、なにゆえ、次太夫との縁組を進められたのでしょう。しかも、次太夫亡き後は、このそれがしとの縁組を……」

「ですから、祝言を挙《あ》げないとは言っていませんことよ。佐々見さまとも夫婦《めおと》になるつもりでしたし、現在《いま》はあなたさまと……」

三崎には登和の言おうとしていることが理解できなかった。

「わたくしが言いたかったのは、夫婦《めおと》になったからといっても、わたくしはあなたさまだけのものではないということ……。このことは黙っていてもよかったのです。けれども、隠していると、いつ暴露《ばれ》るかと常に怯《おび》えていなければならないでしょう？　わたくし、そんなのは嫌《いや》です。あっ、でも誤解なさらないで下さいませね。夫婦となったからには妻としての務めは果たします。けれども、心までは差し上げられない……。それだけは解《わか》っていてほしいのです。お嫌かしら？　嫌でしたら、まだ間に合いますのよ。別室に父や三崎さまのお兄さまがいらっしゃいますので、すぐさまお断りになるとよいでしょう。ただ、三崎さまのお兄さまは、さぞやがっかりなさることでしょうね……」

三崎は言葉を失い、茫然《ぼうぜん》とした。

登和は、三崎家がこの縁談を断れないと読んでいるのである。

断れば、一郎太がどんなに落胆し、三崎がますます家に居辛《いづら》くなるということも……。

「どうなさいます？」

「…………」

「わたくしね、佐々見さまが亡くなられて、それは愕然《がくぜん》としましたのよ。だって、佐々見さまはわたくしのこの気持を解って下さり、永年《ながねん》恋い焦がれてきたそなたと添えるのであればそれでよい、と言って下さっていたのですからね」

「次太夫がそんなことを……。では、登和どのは、次太夫にも他に思い人がいることをお話しになったのですね？」

「ええ。だからこそ、危篤《きとく》の報を受けて駆けつけたわたくしの耳許《みみもと》に、それがしが亡くなったら、朋友《ほうゆう》の三崎小弥太を婿養子になさるとよいでしょう、と囁《ささや》かれたのです」

「…………」

三崎の頭の中は錯綜《さくそう》し、何がなんだか解らなくなった。

次太夫が登和に好きな男がいることを納得したうえで、桜木家の婿養子になろうとしたことも信じられなければ、次太夫亡き後、その任を自分に託したということも……。

確かに、俺は三十路を過ぎても養子先が見つからず、いまだ三十俵二人扶持の厄介《やっかい》者《もの》……。

そんな俺なら、登和に他に男がいても、悦《よろこ》んで婿入りすると思ったのであろうか……。

とはいえ、あながち次太夫の読みは外れていない。

この機宜《きぎ》を逃せば、もう二度と、俺には婿養子の口はかからないだろう。

とすれば、登和は妻としての務めを果たすと言っているのであるから、この際、目を瞑《つぶ》るべきなのでは……。

三崎がそんな想いに逡巡《しゅんじゅん》していると、

「やはり、お断りになります？」

と、登和が艶冶《えんや》な笑《え》みを寄越してきた。

その刹那《せつな》、三崎は稲妻《いなずま》に打たれたかのような衝撃を覚えた。

このじょなめいた仕種……。

ああ、この笑みが、次太夫を虜《とりこ》にしてしまったのだ……。

三崎は登和の目を真《ま》っ直《す》ぐに見た。

「いえ、次太夫が登和どのに囁いた言葉は、謂《い》わば遺言《ゆいごん》のようなもの……。無二の朋友であったそれがしは守りとうございます。ただ、ひとつだけ訊《き》いてもよろしいか？　登和どのには他に思い人がいると言われましたが、なにゆえその方と添い遂《と》げようとなさらないのでしょう。その方の存在を、お父上はご存じなのでしょうか？」

「添えるものなら、すぐにでも添い遂げていたでしょう。けれども、その方は嫡男《ちゃくなん》のうえに、妻子のある身……。しかも、わたくしは一人娘で婿養子を取らなければならない立場にあります。天秤棒《てんびんぼう》が上に反《そ》るようなことがあっても、二人が夫婦《めおと》になるのは叶《かな》わないこと……。それともう一つ、父がこのことを知っているかということですが、はっきりと口に出して言いませんが、薄々気づいているようです。だからこそ、世間の目を欺《あざむ》くために、一刻も早くわたくしに婿を取ろうとしているのです」

青天《せいてん》の霹靂《へきれき》とは、まさにこのこと……。

娘に男がいると知っていて、直右衛門が世間の目を欺くために婿取りを急いでいるとは……。

おそらく、登和の我儘《わがまま》を容認してくれる男なら、誰でもよかったのであろう。

いや、誰でもよかったわけではなかろう。

それでも次太夫を婿にと決めた時点までは、門番同心の家に相応《ふさわ》しい男をと思っていたに違いない。

つまり、次太夫は桜木家の婿養子に恰好《かっこう》の男だったのである。

何しろ、幼い頃から登和のことを知っていて、家格も釣《つ》り合えば、そのうえ登和にぞっこんだったのであるから……。

ところが、次太夫の急死でことは一変した。

次太夫のように、登和の我儘を容認しようとする男などそうそういるはずもない。と、そこに降って湧《わ》いたかのように、三崎小弥太という男が浮上してきたのだった。

桜木家にとっては渡りに舟……。

条件さえ呑《の》んでくれれば誰でもよいとばかりに、次太夫が推挙した三崎に飛びついてきたのであろう。

なんだ、そういうことだったのか……。

三崎はすべてが判ってしまうと、いっそすっきりした気分になった。

ああ、よいてや！

いっそのやけ、世間の目を欺き徹《とお》し、三国一《さんごくいち》の婿の振りをしてみせようぞ……。

三崎は登和を瞠めた。

「解りました。が、あと一つ……。登和どのはどなたを慕《した》っておられるのでしょう」

登和は、ふふっと笑った。

「そのことはお聞きにならないほうが身のためでしょう。聞いたところで、どうなるものでもありません」

「…………」

三崎には、もうそれ以上何も言えなかった。

そこまで話すと、三崎は龍之介に目を据《す》えた。

「このことは、誰にも話すつもりはなかったのだ……。むろん、兄や姉にも話していない。二人とも俺がまたとない良縁に恵まれたと悦んでおるのでな。正《まさ》な話、おぬしにも話すつもりはなかった……。とはいえ、これから先、俺は欺瞞《ぎまん》の中で堪《た》え忍んでいけるのだろうかと思うと、不安でよ……。それで、誰か一人でも本当のことを知っておいてもらえたらと思ってよ。というのも、見合の後、二度ほど登和どのに逢ったのだが、逢う度に登和どのへの想いが募《つの》ってきてよ……。今になって、次太夫の気持が理解できる気がしてよ。あの女《ひと》のためなら、なんだってできる！　登和どのに他に男がいても、あの女《ひと》の傍《そば》にいられるのであれば凌《しの》いでいける……。その覚悟は出来ているのだ。すまなかったな。こんな繰言を聞かせてしまって……。さっ、食おうじゃないか！」

三崎が無理して頰《ほお》に笑みを貼《は》りつけ、秋刀魚に箸をつける。

龍之介はあまりの衝撃に言葉を失い、三崎になんと言葉をかければよいのか、それすら判らなかった。

すっかり冷えてしまった秋刀魚に箸をつける。

脂の乗った秋刀魚は、冷えていてもそれなりに美味しかった。

小女が茸の天麩羅《てんぷら》と小松菜《こまつな》の胡桃和《くるみあ》えを運んで来る。

舞茸《まいたけ》、湿地《しめじ》、榎茸《えのきだけ》、木耳《きくらげ》の掻《か》き揚《あ》げを、粗朶《そだ》を寄せて作った簀《す》巻きの上に載せ、なかなか心憎い演出ではないか……。

「このあと、栗《くり》ご飯と赤出汁《あかだし》になりますが、お酒をもう一本お燗《つ》けしましょうか?」

小女が訊ねる。

「ああ、そうしてもらおうか」

小女が去って行くと、三崎が龍之介をちらと窺った。

「どうだった? 姉貴の料理は……」

「ああ、美味《うま》かった。味もさることながら、盛りつけがまた気が利いていて、とても居酒屋の料理とは思えない。これなら、瓢の女将《おかみ》が泣き言を言いたくなるのも頷けるってもんだ!」

「だが、あそこも美味かったじゃないか。菜の花のお浸《ひた》しの美味かったこと! そうよ、揚げ出し豆腐《どうふ》も美味かった……。さすがはおぬしが贔屓《ひいき》にするだけのことはあると思ったぜ」

「なに、以前、二、三度顔を出したというだけで、常連とも呼べないのだからよ。おっ、この胡桃和えの美味いこと！　まったりとして、しかも味の濃いこと……。ところで、山古の料理はどうだった？　平清や梅本と肩を並べると評判の見世だ。さぞや美味かったであろうな……」

「美味いのかどうか……。料理を味わう余裕《ゆとり》などなかったのでな。第一、何が出されたのかも憶《おぼ》えていない」

三崎が、つと眉根《まゆね》を寄せる。

「おぬし、本当にそれでいいのか？　まだ祝言を挙げたわけではないのだから、引き返すのなら現在《いま》しかないのだぞ」

龍之介が気遣《きづか》わしそうに三崎を窺う。

三崎は、ふっと片頬を弛《ゆる》めた。

「いや、俺はもう腹を決めたのだ……。さっきも言ったが、この話を逃せば二度と俺には養子の口はかからないだろう。それに、現在《いま》の俺は登和どのなくしてはいられないほどの入れ込みようなのだからよ。考えてもみろよ、俺みたいにどことといって取り柄《え》のない男が、門番同心桜木家の婿になれるのだぜ？　しかも、あの登和どのを妻に持てるとは福徳の三年目を通り越して、まさに百年目……。現在《いま》では、登和どのの傍にいられるだけで幸せと思っているんだからよ」

「だが、登和どのの心はおぬしの許にはない……。おぬしが慕えば慕うほど、逆に、そのことがおぬしを追い詰めていくことになるのではなかろうか……」

「俺を追い詰める？　登和どのは妻としての務めは果たすと言っているのだ。俺はあの女《ひと》の心の中にまで踏み込んでいくつもりはないからよ」

「………」

それは違う！

龍之介は喉《のど》まで出かかった言葉を呑み込んだ。

義弟哲之助《おとうとてつのすけ》が策を弄《ろう》して鷹匠支配内田家《たかじようしはいうちだ》の婿養子となって、その後どうなったか……。

龍之介に想いを寄せた琴乃《ことの》の気持は、哲之助と夫婦《めおと》になったからといって変わるものではなかった。

哲之助はいつまで経《た》っても琴乃が心を開こうとしないことを気に病《や》み、次第に酒へと逃げるようになり、その結果、生後間もない娘を過失死させてしまったのである。

そのことで、哲之助や琴乃の胸にどれだけの疵《きず》を残してしまったことか……。

哲之助は自責の念に悶々《もんもん》とし、以前にも増して酒に溺《おぼ》れるようになり、一方、琴乃は、哲之助が酒に溺れるようになったのは自分がいつまでも龍之介への未練を捨て切れないからだと己《おのれ》を責め、苦悩の日々を堪え忍んでいるのだった。

今聞いた話では、琴乃と登和とでは置かれた状況が少し違うようだが、いずれにしても、夫婦《めおと》といえども上辺《うわべ》だけのことで、妻の心は別の男にあるのである。

その辛《つら》さは、千万言《せんまんげん》を費《つい》やしても、現在《いま》の三崎には解り得ないだろう。

「戸田、案じるな。俺はこれでもなかなか強《したた》かな男でよ。上手《うま》く立ち回るので懸念には及ばない」

「ああ、解った」

と、そこに、四十路《よそじ》もつれの女ごが盆に栗ご飯と赤出汁、香《こう》の物を載せてやって来た。

「姉上……」

三崎の言葉に、慌てて龍之介が箸を置く。

「小弥太の姉、吉村《よしむら》三智《みち》と申します。いつも弟が世話になっているそうで申し訳ありません。今宵はようこそお越し下さいました」

三智が深々と頭を下げる。

「戸田龍之介と申します。此度《こたび》は弟御の縁談が調《ととの》ったとのこと、おめでとうございます」

龍之介も立ち上がり、辞儀をした。

三智は嬉しそうに頰を弛めた。

品のよい面差《おもざ》しをしていて、厳《いか》つい顔をした三崎とは少しも似ていない。

「有難うございます。兄弟の中で小弥太の縁組だけがいっこうに纏まらず、どうしたものかと案じていましたが、これでやっと安堵《あんど》いたしました。しかも、これが小弥太にはもったいないほどの良縁で、三崎家の中では一番の出世頭《しゅっせがしら》となりそうです。さあさっ、冷めないうちに召し上がって下さいませ」

三智が赤出汁椀《わん》を龍之介の前に配す。

「何もかも美味しく頂《いただ》きました。姉上どのがここの板頭になられてから……」

「しっ！」

三崎が慌てて制し、周囲《まわり》を窺う。

見世の中は相変わらず満席で、誰もがほろ酔い加減で、ぐだ咄《ばなし》の真っ最中……。

やれ、と三崎が息を吐き、小声で龍之介に囁く。

「姉貴が板頭をしていることは客に伏せてあるのだからよ」

ああ、そうだった……。

龍之介は納得したように頷くと、三智を手招きし、小声で囁いた。

「噂《うわさ》に違《たが》わず何もかも美味しかったですよ。一度来たいと思っていたので、今宵は本当に大満足です」

「有難うございます。では、ごゆるりと召し上がって下さいませ。小弥太のこと、どうか今後ともよろしくお願い致します」

三智が小声で囁き、板場のほうに去って行く。

どうやら、他の客には気づかれなかったようである。

「綺麗《きれい》な女《ひと》ではないか！　言われなければ、おぬしと姉弟《きようだい》には見えないぜ」

「それはそうだろう……。俺と姉貴は畑が違うのだ。つまり、俺だけが後添《のちぞ》いの子でよ……。ところが、俺の母親も俺が八歳のときに死んでしまったものだから、以来、あの義姉《あね》が母親代わりとなって育ててくれたのよ」

ああ……、と龍之介は目を閉じた。

どこまで、三崎は哲之助の身の有りつきに似ているのであろうか……。

三崎も哲之助も互いに後添いの子で、違うとすれば、哲之助の母夏希《なつき》が九月《くつき》前まで生きていて、策を弄してまで哲之助を内田家の婿養子にしたのに比べ、三崎は幼くして母親を失っているということだろう。

鷹匠支配戸田藤兵衛《とうべえ》の次男として生まれた龍之介は、同じく鷹匠支配内田家の長女琴乃と相思の仲だった。

が、二人がどんなに慕い合っても、当時、内田家には嫡男の威一郎《いいちろう》がいて琴乃は他家に嫁《とつ》がなければならない宿命《さだめ》にあり、龍之介は龍之介で他家に養子に入らなければならない立場……。

龍之介は日々募っていく恋心を断ち切るべく戸田の家を出て、琴乃の前から姿を消した。

そうすることが最善の道と思ったのである。

自分さえ姿を消せば、琴乃は自分のことを諦《あきら》めてくれ、他家に嫁いでくれるのではなかろうか……。

そう思ってしたことなのに、運命とはなんと皮肉なものであろうか……。

その直後、威一郎が不慮《ふりょ》の事故に遭《あ》い、急死してしまったのである。

嫡男を失った内田家では、琴乃に婿を取り、跡《あと》を継《つ》がさなければならなくなった。

内田家では躍起になって龍之介を捜《さが》し廻ったという。

ところが、龍之介の義母夏希が裏で暗躍し、龍之介は戸田の家を出て以来市井《しせい》の暮らしにどっぷりと浸《つ》かり、すでに所帯を持っている、と嘘《うそ》を吐いてまで、我が子哲之助を内田家の婿養子にと画策したのである。

龍之介が他の女ごと所帯を持ったと聞かされれば、琴乃は諦めるよりほかなかった。

それで、渋々《しぶしぶ》ながらも哲之助と祝言を挙げたのであるが、琴乃の想いは相も変わらず龍之介へと向けられたまま……。

哲之助にしてみれば、心穏《おだ》やかでなかったであろう。

琴乃と褥《しとね》を共にしても、そこには肉体こそあれど魂《たましい》がすっぽりと抜け、その想いは龍之介へと向けられているのだから……。

三崎はまさに哲之助と同じ道を歩もうとしているのである。

「どうした、戸田……」

三崎が訝しそうに龍之介を見る。

「いや、なんでもない……」

「さっ、食おうではないか。今年初めての栗ご飯だ。思い出すな……。姉貴が嫁に行くまでは、秋になると栗ご飯を作ってくれてよ。よく皮を剝《む》くのを手伝わされたものよ」

三崎が栗ご飯を頬張り、うん、美味い！　と相好《そうごう》を崩《くず》す。

三崎にとっての母は、三智なのであろう。

龍之介の胸が熱いもので覆《おお》われた。

三智さんを哀《かな》しませてはならない……。

そのためにも、三崎、おぬしは幸せにならなければならないのだぞ……。

龍之介は胸の内でそう呟いた。


「佐之助《さのすけ》から聞いたんだが、夕《ゆん》べはずいぶんと遅かったそうだね？」

朝餉《あさげ》の味噌汁《みそしる》を啜《すす》りながらお葉が言うと、龍之介は気を兼ねたように首を竦《すく》めた。

「すまない……。稽古を終えたところで、三崎から一杯付き合わないかと誘われたものだから……」

「だったらいいんだけど、それならそれで、夕餉《ゆうげ》は要《い》らないと断ってくれなきゃ……。いつ帰って来ても食べられるようにと、仕度《したく》をして待っているあたしたちの身にもなって下さいよ！」

おはまがぶつくさ繰言を言うと、止《よ》しな、と正蔵が目で制す。

「男なんてもんは自分にその気がなくても、いつ付き合いに駆り出されるかしれねえんだ！　そのときになって、いちいち断りに帰《けえ》る暇なんてねえじゃねえか！　戸田さま、こんなどち女《あま》の言うことなんて気にすることはありやせんからね」

「まっ、どち女《あま》とは何さ！」

おはまが目を剝く。

「お止しよ！　二人とも朝っぱらからなんだえ……。けど、おはま、正蔵の言うことは間違っちゃいないよ。あたしも永年お座敷で殿方を見てきたからさァ。女ごは男が好きでお座敷遊びをしていると思ってるんだろうが、遊んでいるように見えて、ちゃんと商《あきな》いの話をしていたりするんだ。まっ、中には、遊びだけが目的のしょうもないだだら大尽《だいじん》（金を湯水のように使う客）もいることはいるんだけどさ……」

お葉がそう言うと、鰺《あじ》の干物を箸でつついていた清太郎が、えっ、先生、お座敷遊びをしてきたんだ！　と大声を上げる。

「まさか……。居酒屋ですよ。俺にはお座敷遊びができるほどの甲斐性《かいしょう》がないからよ」

龍之介が慌てる。

「三崎さまって、川添《かわぞえ》道場の師範代の座を巡って戸田さまと競《きそ》った男《ひと》だろ？　もう一人はなんてったっけ……。そうそう、田邊とかいう男《ひと》。結句、その男《ひと》が師範代に納まったってわけだが、じゃ、夕べはその男《ひと》も一緒だったのかえ？」

「いえ、昨夜は三崎と二人だけで、三崎の姉さんが板頭をしているというとん平って見世に……」

「とん平って、北ノ橋《きたのはし》を渡ったところにあるあの見世かえ！　あそこの料理は美味いんだってね？　しかも、下直《げじき》で気が利いてるってんで評判だよ。いえね、盆礼《ぼんれい》に廻ったとき、そんな噂をあちこちで耳にしてね。なんでも板頭が替わった途端に、まるで小料理屋かと思うほど小粋《こいき》な料理を出すようになったんだってさ……。えっ、戸田さま、確か、今、三崎さまの姉さんが板頭をしているって言いましたよね？　てっきり、板頭は男だと思ってたんだが、違うのかえ？」

お葉に言われ、龍之介は狼狽《うろた》えた。

「いや……。つい口が滑《すべ》っちまったんだが、弱ったな……。三崎に絶対に言うなと口止めされていたというのによ……。いえね、世間には板頭は男ということで徹しているそうでしてね。というのも、三崎の姉さんは下働きということでとん平に入ったそうなんだが、板前が突然余所《よそ》の見世に引き抜かれてよ……。三崎の姉さんはそれまでも小女のために賄《まかな》いを作っていたんだが、御亭がたいそうその味に惚《ほ》れ込み、気位《きぐらい》ばかり高くて扱いにくい板前を置くより、三崎の姉さんに作らせたほうが安くつくと思ったらしいのよ。ところが、女ごの手料理と判ったら客が見掠《みかす》めるとでも思ったのか、表向きには新規に板前を雇《やと》ったってことにして、陰で姉さんに作らせているって按配《あんばい》でよ……。そんな理由《わけ》だから、絶対に口外してもらっては困るのよ」

龍之介が困《こう》じ果てた顔をする。

「ああ、そういうことだったのかえ……。けど、三崎さまの姉さんっていうのも大したもんじゃないか！　客に板前が作っていると思わせるほどの料理を作るんだからさ……。あっ、確かめておきたいんだけど、三崎さまの姉さんというからには、もちろん、お武家だろ？　お武家がなんで居酒屋なんかに……」

お葉が怪訝《けげん》な顔をする。

「これも口外してもらっては困るんだが、三崎の姉さんは御徒組の家に嫁に行ってよ。三十俵二人扶持では、手内職でもしないと立行《たちいき》していけない……。ところが、三崎の姉さんは針仕事などより、勝手仕事を得意としてよ。それで、とん平の板場で下働きをと思ったそうなんだよ……。お運びなら客の前に出なければならないが、板場にいれば客に顔をさすことはないからよ。ところが、ひょんなことから料理の腕を買われ、それで板場を委されることになったというわけでよ」

「へえェ、そんなこともあるんだね。じゃ、あたしにも居酒屋の仕事ができるかもしれないね？」

おはまが割って入る。

「てんごうを言うのも大概《てえげえ》にしな！　おめえの料理で銭《ぜに》が取れると思ってるのかよ？」

正蔵がひょっくら返すと、おはまが正蔵を睨《にら》みつける。

「何さ！　どんな料理屋の料理よりも、俺にはおめえの作るお菜のほうがしっくりくるって言ったのは、おまえさんじゃないか！　じゃ、あれは万八《まんぱち》（嘘）だったというのかえ？」

「嘘《うそ》アねえ……。確かに、俺にはおめえの作るお菜のほうがしっくりくると言った。が、それは食い慣れているという意味であって、美味《うめ》ェと言ったわけじゃねえからよ！」

「莫迦《ばか》だね、二人とも！　食い慣れていてしっくりくるってことは、美味いってことじゃないか。それで、どうでした？　三崎さまの姉さんの料理ってのは……」

「ああ、滅法界《めっぽうかい》これが美味くってよ。最初《はじめ》に刺身が出たんだが、包丁捌きの見事なこと！　千草の花の板頭とおっつかっつといってもよいくらいだ。しかも、盛りつけも小料理屋ふうに乙粋《おついき》でよ。あれなら、板前料理として充分通用するだろうさ」

「そうかえ……。じゃ、評判通りなんだね。あたしも一度行ってみようかな。戸田さま、いつか連れてって下さいな！」

「ああ、いつでもお供しますよ」

「それで、こっちはどうなんだえ？　下直だといっても、本当のところは高いんじゃないのかえ？」

おはまが指先で輪を作ってみせる。

「さあ、俺も下直だと聞いているが……。といっても、昨夜は見世の奢りで、俺も三崎も一文《もん》も払っていませんからね」

「見世の奢りだって！」

「なんでまた……」

「奢りといっても、三崎さまの姉さんが払われたってことでやしょ？」

お葉たちが口々に言い、信じられないといった顔をする。

龍之介が戸惑《とまど》ったように言う。

「いえ、本当に見世の奢りで……。もちろん、俺たちは金を払うつもりで行ったんだが、いや、待てよ……。三崎は端《はな》から見世が馳走《ちそう》してくれると知っていたのかもしれないな……。あの見世はいつ行っても満席で、滅多に入ることができないからといって、三崎が稽古の前に予約に行ったと言ってましたからね。それで、御亭が三崎を祝ってやろうと思ったんだ……。ああ、きっとそうですよ」

「三崎さまを祝うって……。えっ、何かめでたいことがあったのかえ?」

お葉が興味津々《しんしん》といった顔をする。

「三崎の縁談が調ったのですよ」

「三崎さまの縁談って、えっ、あの男《ひと》、まだ所帯を持っていなかったのかえ? だって、田邊って男《ひと》はどこぞに婿入りをしていて、女房や姑《しゅうとめ》からなんとしてでも師範代にと尻を叩かれてたんだろ? それで、あたしはてっきり三崎って男《ひと》も所帯持ちだと思ってたんだが……」

お葉が首を傾《かし》げる。

「いえ、三崎も姉さんの婚家先同様に御徒組の、それも次男坊でね。やはり、他家の婿養子に入らなければならない立場にあったんだが、三十路を過ぎてもなかなか口がかからなかったのですよ。ところが、此度、門番同心の家格の家から婿養子の口がかかったってわけでね」

「ほう、そりゃ大《て》《え》したもんだ！　確か、門番同心ってェのは蔵奉行配下で、禄高《ろくだか》はさほど高くはねえが、役得があると聞きやしたからね」

正蔵が仕こなし顔をする。

「やけに詳《くわ》しいじゃないか……」

お葉が感心したように言うと、正蔵は照れ臭そうに月代《さかやき》を掻いた。

「なに、聞きかじりでやすがね。そうですよね？　戸田さま」

「ああ、三崎が婿養子に入ることに決まった相手は、その中でも、番頭格《ばんがしらかく》というからよ。内証《ないしょ》は豊かだと思うぜ」

「じゃ、三崎さまは大出世ってことになるじゃないか！　へえェ……、それで祝酒《いわいざけ》をね。とん平の御亭もなかなか気の利いたことをするじゃないか。そんなことで夕べ遅くなったのなら、おはまも文句は言えないよ」

お葉がおはまに目まじする。

すると、清太郎が茶の間を見廻し、訝しそうな顔をする。

「シマは？　おいら、今朝からシマを見てねえんだけど、おばちゃん、シマを見なかった？」

見ると、清太郎の皿には解《ほぐ》した鯵の身が……。

清太郎は鯵が大好物なシマのために、鯵の干物がついた日にはいつも半身を分け与えているのである。

「おまえね、シマは猫なんだから、頭の部分や骨を残しておいてやればいいんだよ！　身まで分け与えるなんてもったいないじゃないか」

お葉が小言を言っても、清太郎は聞かなかった。

「先《せん》に骨をやったら、喉に刺さってシマが苦しんだことがあるんだ！　いいじゃねえか。おいらが自分の食べる分を減らしてやってるんだから、おっかさんに文句を言われることはねえもん！」

清太郎はムキになり、食ってかかった。

「だって、魚食いのおまえがシマに半身取られたんじゃ……。清太郎は育ち盛りなんだからさ！　じゃ、こうしよう。おっかさんはまだ半身しか食べていないから、これをおまえにやるよ」

お葉は清太郎の箱膳《はこぜん》に、そっと自分の干物を置いてやった。

結句、お葉がシマに鯵の半身を分け与えたことになるのだが、清太郎は平気平左衛門《へいきへいざえもん》……。

あくまでも、自分がシマに分け与えたと思っているのだった。

とはいえ、毎日朝餉に鰺の干物がつくわけではなく、どういうわけか、シマも目刺《めざ》しには見向きもしない。

それでお葉も、まあいいか……、と清太郎がシマに鰺の半身を分け与えるのを黙認してきたのだった。

「シマ？　ああ、そういえば、今朝は姿を見ていませんね。あっ、ちょっと待って下さいよ……」

おはまが厨《くりや》に入って行く。

しばらくして茶の間に戻って来たおはまは眉根を寄せ、困じ果てたような顔をした。

「女衆《おなごし》に訊いてみたんだけど、誰も知らないって言うんだよ。それに……」

「それに、なんだよ！」

清太郎が気を苛《いら》ったように鳴り立てる。

「昨日の夕方やった餌《えさ》がそっくり残っていてね。食べた形跡がないんですよ」

「てことは、夕べ、シマは帰って来ていないってことかえ？」

お葉も思わず声を荒げた。

「そうとしか考えられませんね。いえ、昨日の朝はいたんですよ……。シマの餌は朝と夕方の二回やっているんだけど、朝はちゃんと食べたんですよ。おこんやおせいも器《うつわ》が空《から》になっているのを見てますからね」

「シマに何かあったんだ！」

清太郎が居ても立ってもいられないとばかりに立ち上がる。

「お待ち！　清太郎、いったいどうするつもりなのさ……」

お葉が慌てて清太郎の腕を摑《つか》む。

「おいら、捜してくる！」

「捜すって、どこを……」

「どこだか判らねえけど、捜すんだ！」

清太郎がお葉の手を払い、厨のほうに駆けて行く。

「お待ちよ、清太郎！　おっかさんも一緒に捜すからさ……」

お葉は慌てて清太郎の後に続いた。

お葉と清太郎、それに後から追いかけてきた龍之介の三人は、手分けして黒江町界隈《かいわい》を捜し歩いた。

三人は四半刻《しはんとき》（三十分）ごとに一《いち》の鳥居《とりい》の前に集まり、次は誰がどこを捜すのか決めることにして、お葉は取り敢えず八幡橋近くを捜すことにした。

「シマ！　シマやァ……」

声を張り上げ、視線を右に左にと彷徨《さまよ》わせるお葉の姿は、おそらく、他人《ひと》には異様に見えたに違いない。

たかだか猫一匹を捜すために、いい歳《とし》をした女ごが前後を忘れるとは……。

が、他人《ひと》が何を思おうと、そんなことに構っていられない。

確かに、シマは清太郎が拾ってきた猫に違いないが、お葉は猫同士の喧嘩《けんか》で負傷したその猫を見て、思わず目を疑った。

お葉が喜久治《きくじ》と名乗り辰巳《たつみ》芸者をしていた頃、冬木町《ふゆきちょう》の仕舞《しも》た屋《や》で飼《か》っていた猫のシマに瓜割四郎《うりわりしろう》（そっくり）だったのである。

まさか、シマが生き返って戻って来てくれたのでは……。

だが、そんなはずはない。

シマは猫同士の喧嘩で傷つき、それが原因《もと》で生命《いのち》を落としたのであるから……。

あのとき、お葉は当時仕舞た屋でお端女《はした》をしていたおせいと二人して、涙ながらに庭に屍《しかばね》を埋めてやった。

そのときの哀しみや無念さは、現在《いま》もしっかと胸に刻《きざ》まれている。

だから、シマのはずがない……。

ああ、だとすれば、シマはあたしのために生まれ変わり、あのとき負傷したように此度も傷を負《お》い、再びあたしの前に現れてくれたのだ……。

お葉はそう信じようとした。

冬木町にいたシマは、喜久治（お葉）が甚三郎に出逢《であ》う前から飼っていた猫で、荒《すさ》んだ喜久治の心をどれだけ慰《なぐさ》めてくれたであろうか……。

お座敷で酔客《すいかく》に絡《から》まれくさくさしたときや、母久乃への怨念《おんねん》に懊悩《おうのう》し、母のために自裁に追いやられた父への哀惜《あいせき》で胸が張り裂けそうになったとき、喜久治はシマを膝《ひざ》に独《ひと》り酒を飲みながら、シマに語りかけた。

「シマ……、あっちはおとっつァんにもう一度逢いたい……。あんなに優しかったおとっつァんだというのに、あっちは何ひとつ孝行できないまま、死なせちまったんだもんね……。あっちはおっかさんが許せない！　シマ、あっちがあの女《ひと》を恨《うら》んだっておかしくないよね？」

「はン、なんだえ、あのいけずな客は！　あっちの臀《おいど》を触ったばかりか、俺の情婦《いろ》にならねえかだって？　ふン、無礼《なめ》るんじゃないよ！　一昨日《おととい》来ャあがれってェのよ……。あっちをそこら辺りの転び（身体《からだ》を売る芸者）と一緒にするなんて！　こちとら、芸は売っても身体は売らないってェのにさ。ああ、嫌だ、嫌だ、いい加減、芸者稼業が嫌になっちまったよ……」

シマを相手に繰言を言い、ときにはほろりと涙が頰を伝うこともあった。

そんなとき、シマは気遣わしそうに喜久治を瞠め、泣かないで、とでも言いたげに、ミャアと鳴いた。

天涯《てんがい》孤独の身となった喜久治には、シマは肉親以上の存在となっていたのである。

ところが、甚三郎と出逢ってから事情が一変した。

喜久治の胸の内の大部分を、甚三郎が占めるようになったのである。

そのため、シマに癒《いや》しを求めることも少なくなった。

今思えば、賢《さと》いシマは喜久治の気持が自分から甚三郎に移ったのを感じ取ったのであろう。

シマは次第に内を外にするようになり、結句、猫同士の喧嘩で負傷し、それが原因《もと》で生命《いのち》を落とすことになったのである。

が、片脚が千切れそうになりながらも、シマは這《は》うようにして冬木町の仕舞た屋まで戻って来てくれたのである。

喜久治とおせいは、シマが息を引き取るまで傍を離れようとしなかった。

「姐《ねえ》さん、お座敷に出なくていいんですか？」

おせいがそう声をかけても、喜久治はシマの身体を擦《さす》り続けた。

次第に荒くなる呼吸に最期《さいご》が迫ったことを知り、せめて自分の温もりをシマに伝えたかったのである。

「シマ、辛いね……。よく頑張ってくれたね。おまえと過ごせたこの八年、あっちはどれだけおまえに助けられたことか……。有難うよ。シマ。けど、もういいんだよ。あっちはおまえにこれ以上頑張れとは言えない……。シマ、シマ、もう頑張らなくていいんだよ……」

シマはまるで喜久治の言葉に応《こた》えるかのように、最後の力を振り絞《しぼ》り尻尾《しっぽ》を振った。

そうして、荒かった呼吸が徐々に弱くなり、ヒュウッと喉の奥から笛が鳴るような声を出したかと思うと、息絶えた。

「シマ……、シマァ……、逝《い》くんじゃない！　戻ってきておくれ、シマァ……」

もう頑張らなくてよいと言った喜久治だが、シマの身体を抱き締《し》め、大声で泣き叫んだ。

「姐さん、これで良かったんですよ。シマはやっと楽になれたんだもの……」

そう慰めるおせいの頬にも、止め処《ど》なく涙が伝っていた。

喜久治にとって、シマがどれだけ大切な存在だったか……。

シマの死後、喜久治はしばらく放心状態のままで過ごした。

お座敷に出ていても何かの弾《はず》みでシマのことを思い出し、目頭《めがしら》がカッと熱くなる。愛《いと》しい甚三郎の胸に抱かれていても、つとシマのことが頭を過ぎり、甚三郎の胸にワッと泣き崩れた。

「あっちがおまえに惚れちまったから、シマは死んだのだろうか……」

喜久治がそう言うと、甚三郎は笑った。

「莫迦だな、おまえは……。寿命なんだよ。仮に、おまえが言うように、シマが自分の役目は終わったとばかりに死んでいったのだとしても、シマはそれで本望《ほんもう》なんだよ。だってそうだろう？　通常、猫は死を悟《さと》ると姿を隠すというのに、シマは大怪我《おおけが》をしながらも這うようにしておまえの許に戻って来たじゃねえか……。きっと、別れの挨拶《あいさつ》をしたかったのだろうし、おまえに最期を看取《みと》ってもらいたいと思った……。

そう思うことだな」

その言葉に、再び喜久治の頬につっと涙が伝った。

そのシマが、甚三郎が亡くなって一年と四月後《よつき》、あのときのように負傷し、清太郎に拾われて、再びお葉の前に姿を現したのである。

幸い、傷は浅傷《あさで》で死に至ることもなく、シマと名づけられると、日々堂で飼われることになったのである。

そんな理由《わけ》で、清太郎はシマを自分の猫だと思っている。

が、どうやらお葉が一番シマに好かれているようなのである。

というのも、清太郎はまだ九歳……。

シマを可愛《かわい》く思うのは解るのだが、可愛さ余ってぎゅっと強く抱き締めすぎたり、せっかく眠っているというのにわざわざ起こしては、何がなんでも自分の思い通りにしようとする。

猫は犬と違って、けっして飼い主の思い通りにはならない。

一日の大半を眠っていて、やりたいことしかやろうとせず、人にかまわれることを極端に嫌うが、それでいて、自分がかまってほしいときには人がどんなに忙しくしていても甘えてくる。

それが清太郎には解らないとみえ、シマは自分のことが一番好きなのだと信じていた。

ところが、シマは清太郎をむしろ疎《うと》ましく思っているようなのである。

それが証拠に、清太郎は毎晩蒲団《ふとん》にシマを連れて入るのだが、シマは清太郎が眠ったのを見届けるや、すっとお葉の蒲団に潜《もぐ》り込んで来て、お葉の右腕の中にすっぽりと収まるや安心したように朝までぐっすり眠る。

先代のシマとも、毎晩、こんなふうにして眠ってたっけ……。

そんなふうに思うと、お葉はますます先代のシマが生まれ変わってきてくれたように思えてならなかった。

そのシマが姿を消すなんて……。

そういえば、昨夜は清太郎が蒲団に入る頃、シマの姿が見当たらなかった。

が、雄猫のシマにはそんなことが年に何度かあり、お葉はシマにまた春がやって来たのだろうとさして気に留めていなかった。

というのも、そんなときでも、いつ帰って来たのか朝方見ると、シマが精根尽き果てたといった恰好で、お葉の蒲団に潜り込んでいるからである。

が、今朝目覚めたとき、シマの姿はなかった。

お葉は妙だなと思ったが、おそらくどこか涼しい場所で眠っているのだろうと、そう楽観していたのである。

が、こうして半狂乱になった清太郎の姿を見ると、思いたくはないが、お葉も鬼胎《きたい》を抱かずにはいられない。

ふっと、先代のシマのことが脳裡を掠める。

まさか……。

お葉は衝《つ》き上げる不安を払うようにして、シマや、シマァ！　と声を張り上げた。


「いたかえ？」

「いや、門前町《もんぜんちょう》にはいなかった……」

「神社にも蛤町《はまぐりちょう》にもいなかったよ」

一の鳥居に集まった三人は、途方に暮れたように顔を見合わせた。

「すると、八幡橋を渡ったんだろうか……」

「八幡宮《はちまんぐう》は？　あそこは捜したんだろうね？」

「ううん。おいら一人で中に入るのがおっかなくって……」

清太郎が半べそをかく。

「なんだえ、まだ見ていないのかえ……。あそこは広いからね。じゃ、清太郎、おっかさんも行こうじゃないか」

「では、俺も……」

龍之介も乗ってくる。

「けど、戸田さまはそろそろ道場に行かなきゃならないんじゃ……」

「なに、少しくらい遅くなっても構わないさ。それより、清太郎が心許《こころもと》ない想いをしているのが気になるんでね……」

「すまないね」

三人は富岡《とみおか》八幡宮へと脚を向けた。

だが、翌八月十四日からの祭礼を控《ひか》え、門前仲町《もんぜんなかちょう》は芋《いも》の子を洗うような人立《ひとだち》であった。

どこを見ても、人、人、人……。

人溜《ひとだまり》を掻き分け、鳥居まで辿《たど》り着くのは容易ではない。

お葉は脚を止めた。

「シマがこの人立を抜けてったとは思えない……。やっぱり、八幡宮に行くのは止そうよ」

「けど、おっかさん、シマは夕べからいないんだよ。夕べのうちに八幡宮に行き、もしかすると、戻って来たくても戻れないのかもしれねえじゃねえか！」

清太郎が不服そうに唇を尖《とが》らせる。

「なるほど、清太郎が言うのにも一理がある。とにかく、行くだけでも行ってみようではないか！」

龍之介がそう言うと、八幡宮のほうに歩いて行く。

それで、お葉と清太郎も後に続いたのであるが、八幡宮の中も人で埋めつくされていた。

こんな状態では、大声でシマの名前を呼ぶわけにもいかない。

しかも、どこかにシマが潜《ひそ》んでいたとしても、これだけ人が多いと、怖がって出て来られないだろう。

龍之介は諦めたように清太郎を見た。

「これだけ人が多いと、捜すのは無理だ。仕方がない。帰って待つとしようじゃないか。なに、大丈夫だ、きっと戻って来るからよ！」

「そうだよね。さっ、清太郎、戻ってみよう。案外、今頃、シマが戻って来てるかもしれないしさ」

「……………」

清太郎が後ろ髪を引かれるように八幡宮を振り返る。

お葉は清太郎を引き寄せると、その身体を両手で包み込んでやった。

そうして、耳許に囁く。

「清太郎の想いは、きっとシマに届いてるさ。さっ、帰って待つことにしようね」

「うん」

清太郎は渋々頷いた。

そうして、どこかしら気が抜けたような想いで日々堂に引き返したのであるが、シマはまだ戻っていなかった。

三人は半ば虚脱状態となり、長火鉢《ながひばち》の傍《なか》に腰を下ろした。

「疲れただろ？　今、お茶を淹《い》れるからさ」

お葉がとろとろとした仕種で茶の仕度を始める。

「じゃ、俺はそろそろ出掛けるとするか……」

龍之介が思い出したように腰を上げる。

「お茶は？」

「いや、いい。それより清太郎は手習指南《てならいしなん》に行かなくていいのかよ？　もうとっくに始まっているだろうに……」

「嫌だ！　おいら、シマが戻って来るまでどこにも行かねえ……」

「シマが戻って来るまでといっても、いつ戻って来るのか判らないのだぞ！　明日も戻って来なかったらどうするてェのよ……」

龍之介の明日も戻って来なかったらという言葉に、清太郎の頬が引き攣《つ》る。

「戸田さま！」

お葉は慌てて龍之介を目で制した。

「あっ、すまん……。だがよ、清太郎がシマを案じる気持は解るが、だからといって、することをしないでどうするのよ！　さっ、仕度をするんだ。材木町まで送って行ってやるからよ。俺から石鍋に遅くなった理由《わけ》を話してやるから、安心しな！」

「すまないね。そうしてもらえると助かるよ。清太郎、戸田さまがああ言って下さってるんだ。さっ、早く仕度をおし！」

清太郎が仕方なさそうに重い腰を上げる。

「石鍋さまによろしく伝えて下さいね」

「ああ、解った」

そうして、清太郎は龍之介に連れられ、出掛けて行った。

友七親分がやって来たのは昼前だった。

友七は茶の間に顔を出すや、思惑ありげにへへっと笑った。

「お葉よ、俺がどこに行ってきたと思う?」

「どこって……。さあ、判らないね」

「いいから、思いつくところを言ってみな!」

友七がもったいをつけたような言い方をする。

友七がここまで焦らすということは、お葉も気にしていることに違いない。

「佐賀町の、立軒さまの診療所じゃないかえ? ほら、図星だ!」

友七はとほんとした。

「なんで判ったのよ……」

「そりゃ判るさ。親分があたしに当てさせようとするってことは、皆がその後どうなったのかと気にしていることに決まっているじゃないか!」

お葉がおかしさを噛《か》み殺しながら言う。

「なんでェ! おれのすることァ、おめえにはお見通しってことかよ……」

「親分、あたしたちは昨日今日の付き合いじゃないんだよ。親分の腹が判らずにいてどうするってェのさ！　それでどうでした？　敬吾さん、少しは役に立っているようだったかえ？」

お葉が友七のために茶を淹れながら訊ねる。

「それよ……」

友七は満足げにニッと笑った。

「敬吾が診療所の住み込みになって、ほぼ一月《ひとつき》が経つだろ？　正な話、俺《おり》ャ、気が気じゃなかったのよ。といっても、敬吾が迷惑をかけちゃいねえだろうか、少しは役に立っているだろうか、とわざわざ訊きに行くのも憚《はばか》られてよ。それで、表から窺うだけなら構わねえだろうと、一度、診療所まで行くには行ってみたんだが、半刻《はんとき》（一時間）ばかし見張っていて、出入りしたのは患者と診療所に以前からいる三千蔵《みちぞう》という下男だけでよ。敬吾が下働きをしているのなら三千蔵と行動を共にしてもいいのに、いっこうに敬吾が姿を見せねえ……。それでよ、今日は思い切って、お文《ぶん》を俄《にわか》病人《びょうにん》に仕立て、俺がお文の付き添いって形で診療所を訪ねてみたのよ」

友七がしてやったりと鼻蠢《おごめ》かせる。

「まあ、お文さんを俄病人に仕立てるなんて……。そんなことをしたら、病人じゃないことがすぐに暴露《ばれ》てしまうだろうに！」

お葉が長火鉢の猫板《ねこいた》に湯呑《ゆのみ》を置き、呆《あき》れ果てた顔をする。

「ところがよ、こちとら、俄病人、つまり万八のつもりだったんだが、添島さまに診《み》せてよかったぜ……。なんと、お文の奴、腎《じん》の臓《ぞう》を患《わずら》っているらしくてよ……」

友七が茶を口に含むと、渋顔《しぶがお》をする。

「えっ、本当に病だったのかえ！　お文さん、あんなに元気そうだったのに……」

お葉が驚いたように言う。

「いや、言われてみたら、此《こ》の中《じゆう》、疲れた疲れたを連発してよ。それに、夕方近くになると、手足が浮腫《むく》んじまってよ。お文は歳のせいだと気にもかけちゃいなかったが、まさか、腎の臓を病んでいたとはよ……」

友七が苦虫《にがむし》を噛み潰《つぶ》したような顔をする。

「それで、治るのかえ？」

「ああ、幸い、まだ軽症だそうでよ。とはいえ、腎の臓は一旦悪くしちまうと、完治するのは難しいらしくてよ。現在《いま》より酷《ひど》くならねえように心懸《こころが》けることだと言われてよ……。今後は調剤してもらった薬を欠かさずに飲むことと、半月に一度診察を受けること、それに食餌《しょくじ》療法を促されたからよ」

「じゃ、寝てなきゃならないほどではないということなんだね？」

「ああ。それもこれも、重症にならねえうちに診てもらえたからでよ。万八のつもりでお文を俄病人に仕立てたんだが、やれ、何が幸いするか判らねえものよのっ……」

友七がふうと太息を吐く。

そうして、茶を一気に呷《あお》ると、友七は改まったようにお葉に目を据えた。

「それで、敬吾のことだがよ……」

「診察室の中にいたんだね？」

「ああ、いた……。俺《おり》ャ、驚いたぜ。最初《はじめ》の話では、敬吾は年端《としは》がいかねえんで、当面、下働きをやらせると添島さまが言われただろ？　俺《おり》ャ、下働きといえば、三千蔵のような下男がする仕事だろうと思ってたんだが、なんのなんの……」

友七が心ありげに、人差し指を振ってみせる。

「あいつ、診察室の隅《すみ》に坐って、添島さまや代脈《だいみやく》（助手）たちの診察や治療を帳面に具《つぶさ》に書き留めているのよ……。なっ、これが何を意味すると思う？」

「…………」

お葉には皆目《かいもく》見当がつかない。

「つまりよ、弟子にするにはまだ早ェ《はえ》が、その前《めえ》の段階として、傍にいて添島さまや代脈がすることを見て憶えろということでよ。門前の小僧習わぬ経《きよう》を読むのごとく、毎日、見聞きして慣れていれば、知らず知らず物事に習熟するってことで、添島さまがそれだけ敬吾に期待を寄せてるってことなのよ！」

まあ……、とお葉は胸を撫《な》で下ろした。

立軒は敬吾の中に、並外れた才能を見出《みいだ》したのであろう。

おそらく、下働きというのは方便にすぎず、立軒は本気で敬吾を医者として育てようと思っているのに違いない。

「つくづく、診療所に行って良かったと思ってよ。敬吾のことでは安堵したし、そのうえ手遅れになる前に、お文が病に冒《おか》されていることまでが判ったんだからよ……」

「ああ、そういうことだね。で、石鍋さまにそのことは？」

「いや、言わねえつもりだ。石鍋さまだって、敬吾を添島さまに委《ゆだ》ねたからには、敬吾があしたこうしたなんてことをいちいち聞きたかなかろうからよ。あの男は父子《おやこ》の縁を切るつもりで子離れしたんだからよ。今さら、その心を惑わせるようなことをしてどうするってか！」

「…………」

そんなものなのだろうか……。

離れ離れになろうと、立場が違おうと、父子《おやこ》は父子……。

が、現在《いま》、一番辛いのは父の重兵衛なのであろうから、やはり、そっとしておくほうがよいのかもしれない。

「解ったよ。じゃ、あたしはもう何も言わない……。けど、お文さんが具合が悪いとは、気懸かりだね。しばらく見世を閉めたらどうだえ？」

「天骨《てんこち》もねえ！　そんなことを言ってみな？　それこそ、お文の奴、怒髪《どはつ》天を衝いて猛《たけ》り狂うに違《ちげ》ェねえんだ。なんせ、あいつは古手屋《ふるてや》の仕事を天性のものだと本気で思ってやがるからよ。あいつからそれを取り上げるのは、死ねと言っているのと同じこと……。それに、現在《いま》はお美濃《みの》がいてくれるからよ。この頃うち、内々のことばかりか商いも手伝ってくれるようになり、そりゃあ助かってるんだ！　つくづく、いい娘《こ》を義娘《むすめ》にしたと思うぜ」

友七が目尻をでれりと下げる。

お葉も本当にそうだと思う。

友七の女房お文は、永年古手屋を営《いとな》み友七を支えてきた。

というのも、世間に岡っ引きだと偉そうな顔をしてみても、岡っ引きにはお上《かみ》から手当らしきものが何ひとつ下されない。

つまり、岡っ引きは同心の私的使用人にすぎず、しかも、同心から纏まった手当が貰《もら》えるかといったらそうではなく、たまに思い出したように小遣いとして子供騙《だま》しのような細金《こまがね》が下されるだけで、これではとうてい、岡っ引きが抱える下っ引きに小遣いも与えられない。

それで、大概の岡っ引きは女房に八文屋《はちもんや》や四文屋《しもんや》、駄菓子屋《だがしや》などをやらせ、それでなんとか遣《や》り繰《く》りしているのである。

が、友七の考えは違った。

食い物商売は年中三界《ねんじゅうさんがい》あくせくするばかりで、その割りには実入りが少ない。

その点、古手屋という商いは、衣替《ころもが》えの季節になると、猫の手も借りたいほどに怱忙《そうぼう》を極《きわ》める。

何しろ、庶民が裁《た》ち下ろしの着物を着ることは滅多になく、大概が古手屋の吊《つる》しで用を足《た》し、それも季節の変わり目ごとに、単衣《ひとえ》を売って袷小袖《あわせこそで》を、袷小袖を売って再び単衣をといったふうに、見事なまでに機能的な生活をしていたのである。

友七は古手屋株を取得するために、元吉原《もとよしわら》の富沢町《とみざわちょう》に渡《わたり》をつけた。

というのも、江戸における古手屋の始祖は盗賊鳶沢甚内《とびさわじんない》であり、徳川《とくがわ》開府の頃、幕府は毒を以《もっ》て毒を制すがごとく大盗賊甚内に盗賊吟味役《ぎんみやく》を仰《おお》せつけると、元吉原の鳶《とび》沢町《さわちょう》（現富沢町）に古手屋を開かせたのである。

　甚内は幕府から古着の一手売買《いってばいばい》を許されると、各地に手下を遣わして古着を買い求め、同時に、盗賊を検《あらた》めることに努めたという。友七はここに目をつけたのである。

　牛は牛連れ……。

「元を糺せば、十手《じって》持ちも無宿人《むしゅくにん》みてェなもの……。同じ穴の狢《むじな》と思って、ひとつ、嚊《かかあ》に古着を扱わせてくれねえか」

　友七は富沢町に頭を下げた。

　以来、二十六年、蛤町に小体《こてい》な見世を構え、お陰で今日まで、格別金に不自由することもなく、岡っ引きを続けてこられたのである。

　お文は古手に囲まれ、水を得た魚のように活《い》き活きと商いをしてきたのだった。

　そんな友七とお文がお美濃という娘を養女にしたのは、去年の梅雨《つゆ》明けの頃だった。

　お美濃は幼い頃に自分と母を捨て、他の女ごに走った父親《てておや》を捜し当て、父親が入り婿に入った河津屋《かわづや》にお端女として潜り込むと、父周三郎《しゅうざぶろう》に接近した。

　店衆《たなし》から女誑《おんなたら》しと陰口を叩かれる周三郎にわざと仕為振《しなせぶり》な態度を取り、関心を払わせようとしたのである。

お美濃の目的は周三郎の気を惹《ひ》き、河津屋夫婦の間に波風を立てさせること……。

ところが、お美濃を実の娘と知らない周三郎はそんなお美濃にぞっこんとなり、妾宅《しょうたく》を構えるので愛妾《めかけ》になれと迫ってきたのである。

周三郎がそこまで本気になると思っていなかったお美濃は慌てたが、自分から汐《しお》の目を送っておいて、今さら逃げ出すわけにもいかない。

そうして、山本町《やまもとちょう》の妾宅に家移りした、その夜のことだった。

お美濃はどう足掻《あが》いても逃げ切れないと腹を決め、蒲団の下に出刃《でば》包丁を隠し持ち、床に入った。

こうなったからには、この男を刺すまで……。

お美濃は懸命にそう思おうとしたが、迷いがなかったわけではない。

刺す前に、一度だけ、この男《ひと》をおとっつァんと呼んでみようか……。

お美濃の心は千々《ちぢ》に乱れた。

ところが、周三郎はお美濃から、おとっつァん、と呼ばれても、どこの誰のことを言っているんだという顔をしたという。

しかも、周三郎はお美濃からお佐津《さつ》の娘だと打ち明けられても、あの女ごは娘を道連れに大川に身を投げて死んだ、第一、あの女ごの産んだ娘が自分の娘と決まったわけじゃねえ、所詮《しょせん》、水茶屋《みずぢゃや》の女ごだ、誰の子を孕《はら》んだのか判ったもんじゃねえ、とふてらっこく（図々《ずうずう》しく）嘯《うそぶ》いたという。

その言葉を聞いて、お美濃の頭にカッと血が昇った。

周三郎は深傷《ふかで》を負ったが、幸い死に至ることはなく、お美濃は友七やお葉が情状酌量《しゃくりょう》の嘆願に奔走《ほんそう》したお陰で、三十日の過怠牢舎《かたいろうしゃ》（敲刑《たたきけい》の換刑《かんけい》、敲《たた》き一打を一日とする）で済んだのである。

友七からその話を聞いたお文は、お美濃を義娘《むすめ》として引き取ろうと言い出した。

当初はお端女にと思ったようだが、幸薄《さちうす》かったお美濃のことを思うと、自分たちの手で嫁に出してやりたいと考えを改めたのである。

お葉は友七夫婦がお美濃を義娘《むすめ》として引き取ると聞き、心《しん》から安堵した。

「あたし、思うんだよ。きっと、神仏が親分と女将さんの許に、お美濃を遣わしてくれたんだと……。あたしはそんなに信心深いほうではないけど、なんだか、そんなふうに思えてさ。だから、これで良かったんだよ」

お葉はそう言うと、お美濃のために祝膳《いわいぜん》を日々堂で仕度させてほしいと申し出た。

あれから、一年とちょっと……。

お美濃はもうすっかり古手屋の一員である。

ことに、お文とお美濃は実の母娘《おやこ》以上に睦《むつ》まじく、友七が間に割って入れないほどだという。

「俺《おり》ャよ、お文に病になられて改めて思ったんだが、お美濃をうちで引き取っていなかったらどうなったか……。病の嚊を抱えて、俺一人じゃ、とてものこと、古手屋と岡っ引きの二足の草鞋《わらじ》は履《は》けなかったからよ。いや、人手が足りねえっていう意味じゃねえんだ。そうではなく、心細くってよ……。ところが、お美濃がいてくれると思うだけで安心していられるんだから、不思議だぜ」

友七がしんみりとした口調で言う。

「そうだよね。食餌療法だなんていったって、親分一人じゃどうしようもないもんね……。じゃ、午後からでも、見舞いかたがた古手屋を覗いてこようかね」

「止しとくれよ！　見舞いしてもらうほどの病人じゃねえんだからよ。それによ、おめえに見舞いに来られると、俺が外でぺらぺらと余計なことを喋っていると思われ、あとで大目玉を食らっちまう……。後生一生《ごしょういっしょう》のお願《ねげ》ェだ。なっ、絶対に来るんじゃねえぜ！」

友七が大仰《おおぎょう》に手を合わせてみせる。

「ああ、解ったよ。じゃ、見舞いに行くのは止すよ。けど、親分、大したことはないと高を括《くく》っていては駄目だよ。気をつけるに越したことはないんだからさ」

「おう、解ってらァ！　やっ、いい匂《にお》いがしてきたぞ。てこたァ、そろそろ中食《ちゅうじき》か……。どれ、俺も帰《けえ》って飯でも食うとするか！」

友七が鼻をひくひくとさせ、こりゃなんの煮付《につけ》だ？　鯖《さば》か？　鰯《いわし》か？　と呟きながら茶の間を出て行く。

お葉は、くすりと肩を揺らした。

シマはまだ戻って来ない。


「おっかさん、シマは？　ねっ、戻って来た？」

清太郎が息せき切って茶の間に駆け込んで来る。

お葉が困じ果てたように首を振った。

「それが、まだなんだよ……」

「男衆《おとこし》に表で猫を見掛けたら、シマかどうか確かめてくれと伝えてあるんでやすがね……」

正蔵が蕗味噌《ふきみそ》を嘗《な》めたような顔をする。

「大丈夫だよ、清坊《せいぼう》。さっき、出入りの魚屋が言ってたけど、猫なんてものは盛りがついたら三日も四日も、ときには一廻り《ひとまわ》（一週間）も帰って来ないことがあるんだってさ。シマはひと晩家を空けただけじゃないか。心配しなくても、そのうち帰って来るからさ……。さっ、お飯《まんま》にしようじゃないか！　ほら、鰯の梅煮《うめに》だよ。朝餉に鰺の干物をつけたから、中食は魚じゃないものをと思ってたんだが、魚屋があんまし活きのよい鰯を持って来たもんだからさ……。おまえさん、夕餉に刺身を出してやるから愉しみにしてな！」

厨から箱膳を運んで来たおはまが、正蔵に片目を瞑ってみせる。

「おっ、鰯の刺身か！　こいつァ、一杯《いっぺえ》いきてェところよのっ」

「おとっつァんたら、すぐにそうやって調子に乗るんだからさ！」

おはまの後に続いて箱膳を運んで来たおちょうが、めっと正蔵を睨みつける。

「おや、清太郎、どうしたえ？　さあ早くお坐りよ。そんな顔をしてたって、シマは戻って来ないんだからさ」

お葉に促され、ようやく清太郎がお葉の隣《となり》に坐る。

が、相変わらず潮垂《しおた》れたままである。

「さっ、食べようよ。まっ、なんて美味そうな鰯だえ！　脂が乗っていて、これなら刺身にすると美味いだろうね。正蔵じゃないが、あたしも今宵は一杯いきたいところだよ」

お葉がそう言うと、でやしょう？　と正蔵が破顔する。

「おいら、食いたくねえ……」

清太郎がぽつりと呟く。

「刺身を要らないって？　ああ、いいともさ。清太郎は塩焼にしてもらおうね」

「そうじゃなくて、中食も食いたくねえ……」

「中食を食べたくないって……。駄目だよ！　午後からまた手習指南所に行くんだもの、食べなきゃ力が出ないじゃないか」

「午後からはもう行かねえ……」

「てんごう言うもんじゃないの！　そんなことをしたら、また戸田さまに叱《しか》られるんだよ。戸田さまが言ってただろ？　シマを案じる気持は解るが、だからといって、することをしないでどうするのかって……」

「だって、金《きん》ちゃんが言うんだもん……。シマは三味線《しゃみせん》の皮にするために猫狩りに遭ったんだって……」

あっと、お葉は息を呑んだ。

「そんな莫迦な……」

「金って、誰でェ！」

正蔵が鳴り立てると、おはまが、長十郎店《ちょうじゅうろうだな》の際物売《きわものう》りの息子だよ、と言う。

「ああ、弥太郎《やたろう》の息子か……。そんな悪餓鬼《わるがき》の言うことにいちいち耳を貸すもんじゃありやせんぜ。どうせ与太《よた》（でたらめ）に決まってるんだから……」

「そうだよ！　あのシマが猫狩りなんかに遭うわけがない！」

お葉も甲張《かんば》った声で言う。

「けど、章《しょう》ちゃんもそうかもしれねえって……。猫狩りでねえとすると、過《あやま》って、石見銀山《いわみぎんざん》が入《へえ》った食い物を食ったのかもしれねえって……」

「まさか！　シマがそんなものを食べるわけがないじゃないか……」

「清坊、皆は清坊があんましシマのことを心配《しんぺえ》するもんだから、そう言って、からかっているだけなんだ。だから、おたおたしてちゃ駄目なんだ。平然としてること！　そうすりゃ、あいつら、からかってもちっとも面白《おもしろ》くねえもんだから、もう何も言わなくなる……。そんなものだからよ」

「そうだよ、正蔵の言うとおり！　さっ、早いとこ食べちまおう。お汁《つゆ》が冷めちまうじゃないか……」
お葉が率先《そっせん》し、箸を取る。
清太郎も渋々と箸を取った。
が、どうやら食が進まないようで、ひと口食べては溜息《ためいき》を吐き、またひと口と
……。
結句、日頃の半分も食べないで箸を放り出すと、不貞《ふて》たように畳《たたみ》の上に寝転がった。
お葉は、やれ……、と肩息を吐いた。
清太郎の気持が痛いほど解るだけに、もう何も言えなかった。
こんな場合、下手《へた》な慰めはますます清太郎を追い詰めてしまう。
それより、そっとしておいてやるほうがよいのでは……。
お葉がおはまに目まじすると、おはまも頷いた。
何もかも解っていますよ、という意味だろう。
すると、四半刻もした頃であろうか、清太郎がむくりと起き上がった。
お葉が驚いたように清太郎を見ると、清太郎は鼠鳴《ねずみな》きするような声で呟いた。
「やっぱ、おいら、手習に行ってくる……。このままじゃ、おいら、金ちゃんや章ち

やんに負けたことになるもん……」

「清太郎、よく言った！　おっかさん、嬉しいよ。正蔵おじさんが言ったように、何を言われても毅然《きぜん》としていることだ！　そうしたら、あいつら、何を言っても無駄だと思い、諦めるだろうからさ」

「うん」

「お腹は空《す》いてないかえ？　おはまに言って、握り飯でも作ってもらおうか？」

「ううん、いい。夕餉でいっぱい食べるから……。じゃ、行って来るね！」

清太郎は無理して頬に笑みを貼りつけると、茶の間を出て行った。

手習指南所は五ツ（午前八時）から八ツ（午後二時）までで、中食は各自家に戻って食べることになっていた。

また、休みは毎月一日、十五日、二十五日と、節句、盆、年末年始だけで、子供もそれなりに忙しく過ごしているのである。

それだけに、子供社会でも力関係は切磋琢磨《せっさたくま》……。

思うに、甚三郎に似てか、清太郎は子供ながらも男気《おとこぎ》があり、これまで歳上からも一目《いちもく》置かれていたが、不覚にも、此度はシマのことで存外に脆《もろ》い面を見せてしまったようである。

それで、ここぞとばかりに、金哉《きんや》や章一《しょういち》が清太郎の弱みを突いてきたのではなかろうか……。

が、清太郎は負けてはなるものかと、シマへの想いを振り払い、彼らに立ち向かおうとしているのである。

お葉の胸が熱いものでいっぱいになった。

おまえさん、清太郎はやっぴしおまえさんの息子だよ……。

お葉は仏壇の蠟燭《ろうそく》に火を点《とも》すと、線香を手向《たむ》けた。

清太郎を護っておくんなし……。

そして、シマも……。


「おはま、活きの良い鰯がまだたくさんあると言ってたけど、六匹ほど分けてもらえないだろうかね」

お葉が厨に入って行き、おはまに訊ねる。

おはまは訝しそうな顔をした。

「六匹？　いったいどうなさるおつもりで……。ええ、トロ箱ごと買いましたからね。夕餉に刺身を作ってもまだ余るんで、つみれ汁にしようかと思ってたんですが、構いませんよ。でも、どうなさるつもりなんですか？」

「いえね、ちょいと蛤町の古手屋を覗いてこようかと思ってさ……」

「ああ、お文さんのところに……」

「衣替えも近いことだし、出物があれば店衆に買ってやってもいいかと思ってさ。それで、土産《おみや》にと……」

お葉は言いながら可笑《おか》しくなった。

今の今まで、出物があれば店衆に買ってやろうなどと思っていなかったのである。が、まさか、お文を見舞うとは言えないではないか……。

それで、つい万八が口を衝いて出てしまったのだが、なるほど、古着を買うのもいいかもしれない。

それなら、お文を訪ねる大義名分《たいぎめいぶん》が立つというもの……。

「じゃ、すぐにでも調理できるように、腸《はらわた》を出しておきましょうね。あっ、でも、友七親分なら刺身で食べたいと言いなさるかも……。どうします？」

お葉は首を傾げた。

「刺身を三人前と、それとは別に一人頭二匹として、六匹ってわけにはいかないかね？」

「大丈夫ですよ。じゃ、すぐに造りますんで……」

おはまは器用な手つきで鰯を捌いていった。

他のお端女も洗い物をしたり、夕餉の下拵《したごしら》えをしたりと、皆、忙《せわ》しげに立ち働いている。

考えてみると、お葉ほど役立たずはいない。

野菜の皮ひとつ真面《まとも》に剝けず、かといって、便り屋の仕事もたまに仕分け作業を手伝うくらいで、帳簿は正蔵や友造に委せっぱなし……。

三味線の腕や喉がよいといっても、ここでは何ひとつ役に立ちはしないのである。

「いいんですよ、女将さんは何もなさらなくても……。坐って皆に睨みを利かして下さるだけで、それが店衆の励みになるんでやすからね。分々《ぶんぶん》に風は吹くと言いやすでしょう？　それに、山源（飛脚《ひきやく》問屋の総元締《そうもとじめ》）の旦那《だんな》と対等に口が利けるのは女将さんだけでやすからね。それだけで、もう充分ってなもんで……」

正蔵はそう言ってくれるが、忸怩《じくじ》とした想いは拭えない。

「はい、出来ましたよ。平皿に入ったほうが刺身用で、鍋の中が腸を出した鰯です。

これを籠《かご》に入れておきましたからね」

おはまが買い物用の籠を手渡す。

「じゃ、ちょいと行って来るからさ。あっ、それから……」

「解ってますよ。シマのことでしょ? ええ、戻って来たら、二度と勝手な真似《まね》をするんじゃないと叱り、たらふく食べさせてやりますよ」

おはまが委せておけとばかりに、ぽんと胸を叩く。

お葉は堀割《ほりわり》を渡り、蛤町へと向かった。

古手屋では、お美濃が小僧と一緒に着物の吊し替えをしていた。

「日々堂の女将さんじゃないですか!」

お美濃が驚いたように大声を上げる。

お葉はふわりとした笑みを浮かべると、籠を高々と掲《かか》げてみせた。

「土産《おみや》だよ! 鰯は刺身と煮付用に捌いてあるからさ」

お葉の声を聞きつけ、お文が奥から出て来る。

「まあ、女将さんじゃないですか! お久し振りですこと……。今日はまた何か……」

お文は元気そうだった。

ぱっと見には、別にどこも悪くなさそうである。

「そろそろ衣替えだろ？　店衆に何か出物はないかと思ってさ……」

お葉がそう言うと、お文の顔がぱっと輝く。

「ええ、ええ、ありますことよ……。さあさ、お上がり下さいな！」

お葉は見世の板間に上がると、お文が勧める袷を次々と手にした。

結句、男衆用に五枚、女衆用に五枚と締めて十枚の袷を求め、お文と四方山話《よもやまばなし》をして、お美濃お手製の冷や汁粉《しるこ》を飲んだ。

「十枚も買ってもらったというのに、土産《おみや》まで貰ったんじゃ悪いね」

「なに、うんと勉強してもらい、こっちのほうが悪いくらいだよ。今宵は鰯の刺身で親分に美味い酒を飲んでもらおうと思ってさ……」

「ああ、そりゃ悦ぶだろうさ！」

「じゃ、あんまし長居をしてたんじゃ、おはまや正蔵に叱られちまうんで、これで失礼するよ」

「大丈夫ですか？　十枚も持てるかしら？　お美濃、おまえ、送ってってておあげよ」

「ああ、そうしてくれるかえ？　助かるよ。袷が十枚となると、さすがに重いからさ」

お葉はお文に挨拶をすると、表に出た。

堀割に向かって歩きながら、お葉がお美濃の耳許に囁く。

「おっかさんを大事にするんだよ」

お美濃はやっぱり……、といった顔をした。

「知ってらしたんですね。それで、おっかさんを見舞うつもりでおいでになったんですよね？」

「ああ、親分から見舞いはいいから来るなと言われてたんだけど、どうしても気になってね。けど、思ったより元気そうで安堵したよ。といっても、腎の臓ってのは厄介だからさ。おっかさんが挫《くじ》けないように支えてあげるんだよ」

「はい」

「それから、今日、あたしが古手屋に行ったのは、あくまでも店衆の袷を誂《あつら》えることだったってことにしておくれよ。親分にもおっかさんにも、これだからね……」

お葉が唇に指を当ててみせる。

「はい、解っています」

そうして、橋を渡ったところであった。

仕舞た屋と仕舞た屋の間から一匹の猫が出て来ると、お葉に向かって、ミヤア、と鳴いた。

シマである。

「シマ！　おまえ、いったいどこに行ってたのさ……」

お葉は風呂敷包《ふろしきづつ》みを放り出すと、シマに向かって駆けて行った。

「ミャア……、ミャア……、ミャア……」

シマが鳴きながらお葉の傍に寄って来る。

まるで、おっかさん、今帰ったよ、と言っているようではないか……。

お葉はシマを抱き上げると、シマの頰に自分の頰を擦《こす》りつけた。

「心配させるんじゃないの！　けど、ああ、良かった、帰って来てくれたんだね。あたしがどんなに心配したか……。シマ、シマ……」

お葉の頰を涙が伝う。

おそらく、その光景をお美濃が啞然《あぜん》としたように眺めているのであろうが、そんなことはどうだってよい……。

「シマ！」

お葉はもう一度そう呟くと、シマに頰擦《ほおず》りをした。

紅染月《べにそめづき》（八月）の風がさらりと項《うなじ》を撫でていく。

一刻も早く、清太郎に知らせてやらなければ……。

ががんぼ

「おさとさん！」

その声に、井戸端で洗濯をしていたおさとが振り返ると、振袖姿《ふりそですがた》のおてるが満面に笑《え》みを浮かべて立っていた。

「驚いた！　おてるちゃんじゃないか……。まあァ、もうすっかり大店《おおだな》のお嬢さまが板についちまって……。ここにいた頃に比べると、雲泥《うんでい》の差だ。おはまさァん！　おちょうちゃん、皆、出ておいでよ！　おてるちゃんが訪ねて来たんだよ」

おさとが厨《くりや》に向かって大声を上げる。

「えっ、おてるちゃんだって?」

「おやまっ、なんて久し振りなんだえ！」

厨の中から、お端女《はした》たちがぞろぞろと裏庭に出て来る。

「おてるちゃん、見違えちまったよ！　なんて愛らしい形《なり》をしてるんだえ」

「けど、どうしちまったんだよ。振袖の袖が濡《ぬ》れてるじゃないか……」

おこんがおてるの袖を手にし、訝《いぶか》しそうな顔をする。

「たった今、見世《みせ》の前を通って来たんだけど、水を撒《ま》いていた店衆《たなし》にかけられちまったの……。ううん、でも、その男《ひと》が悪いんじゃないのよ。あたしがぼんやりしてたから……」

「何言ってんのさ！　水をかけたほうが悪いに決まってるじゃないか。誰だえ、そいつは……」

おはまが訊《たず》ねると、おてるは戸惑《とまど》ったような顔をした。

「それが、初めて見る顔だったの……」

あっと、おはまとおちょうが顔を見合わせる。

「図体《ずうたい》の大《お》っきな男だったかえ？」

「ええ……」

「朝次だよ！」

「そうだよ。あいつならやりそうなことだ！」

「ごめんよ、おてるちゃん。あいつ、図体が大きいくせして、こっちのほうはからきしでさ……」

おちょうが頭を指で指《さ》し、渦《うず》を描《えが》いてみせる。

「とにかく、中にお入りよ。水だから染《し》みにはならないだろうが、乾《かわ》かさなきゃね。それに、何か用があって来たんだろ？　幸い、女将《おかみ》さんも今し方出先から戻って来られたばかりでね。おてるちゃんの顔を見たら悦《よろこ》ばれるだろうからさ！」

おはまがおてるの肩を抱《かか》え込むようにして、厨へと向かう。

「おてるちゃんは現在《いま》では葉茶屋《はぢゃや》問屋米倉《よねくら》のお嬢さまなんだもの、水口《みずぐち》ではなく玄関口を訪ねて来ればいいのにさ……。けど、今日はまたなんで、こんな上物《じょうもの》の縮緬《ちりめん》を着てるのさ……。えっ、まさか、うちを訪ねるために一張羅《いっちょうら》を着てきたわけじゃないんだろう？」

おはまに言われ、おてるは含羞《はにか》んだような笑みを見せた。

「それがね、お琴《こと》のお師《し》さんに重陽《ちょうよう》（九月九日）の賀儀《がぎ》に行って、その帰りなの。けれども、これは別に一張羅というわけじゃないのよ……」

なるほど、言われてみれば、今日は五節句のひとつ、重陽……。

菊の節句、後《のち》の雛《ひな》とも呼ばれる重陽は延命長寿を願い、人々は菊酒《きくざけ》を飲んで邪気を払い、また、この日を境《さかい》に単衣《ひとえ》から袷《あわせ》小袖《こそで》に着替え、師匠につく者は贈物《おくりもの》を持って賀儀を述べに上がる習《なら》いがあった。

　すると、おてるは今日単衣からこの振袖に着替えたのであろうが、それにしても、このずっしりとした目方のある縮緬が一張羅でなく、常着《つねぎ》だとは……。

　浅黄色地《あさぎいろじ》に萩《はぎ》や竜胆《りんどう》、菊、朝顔《あさがお》、鶏頭《けいとう》と、秋の草花を袖や裾模様《すそもよう》にちりばめてあり、茜色《あかねいろ》の緞子《どんす》の帯と調和もよい。

　そして、島田《しまだ》に結った髷《まげ》には、花簪《はなかんざし》やびらびら簪が……。

　どこから見ても箱入り娘といった感じがして、これだけ見ても、おてるが義母《はは》のお町《まち》に可愛《かわい》がられているのが窺《うかが》えた。

「おてるちゃん、幸せそうで良かったよ！」

　おはまが耳許《みみもと》で囁《ささや》くと、おてるはこくりと頷《うなず》いた。

　お葉は奥の閨《ねや》で簞笥《たんす》の衣替えをしていた。

　畳《たたみ》の上に畳紙《たとう》が並べられ、どうやら虫干し用と洗い張りに出す着物を仕分けているようである。

　お葉はおはまの気配に気づくと、俯《うつむ》いたまま呟《つぶや》いた。

「おはまかえ？　よいところに来てくれたよ。この紫色の紗《しゃ》なんだけど、そろそろ洗い張りに出そうかと思うんだが、おまえ、どう思う？」

「そりゃ、お出しになったほうがいいでしょう。それより、女将さん、誰が訪ねて来たと思います？　あっ、振り向かないで、そのままで当ててみて下さいよ」

「振り向かないで当ててみろと言われても……。てんごう言わないでおくれよ、莫迦《ばか》莫迦しい！」

お葉は焦《じ》れったそうに鳴り立てると、さっと振り返った。

「まあ、おてるちゃんじゃないか！　おや、少し背が伸びたんじゃないかえ？　そうかえ、そうかえ、よく来てくれたね……」

お葉が嬉《うれ》しそうな顔をして、おてるの傍《そば》に寄って来る。

「女将さん、おてるちゃんに何か羽織《はお》るものを貸してやってくれませんか？」

おはまに言われ、お葉がとほんとする。

「いえね、朝次のうんつくが、おてるちゃんの袖に水をかけちまいましてね。まっ、水だからよかったんだけど、濡れたままにしてたんじゃ皺《しわ》が寄ってしまいますからね。脱がせて、鏝《こて》を当ててみようと思ってるんですよ」

「なんだって！　朝次がそんなことを……。ごめんよ、おてるちゃん。あの子、うちに来て一月《ひとつき》ほどしか経《た》っていなくてさ。それに……」

お葉が言い淀《よど》むと、うんつくなんですよ！　とおはまが吐き捨てるように言う。

「おはま！」

お葉が慌《あわ》てて制し、おてるを窺う。

「それで、朝次はおてるちゃんに謝ったんだろうね?」

おてるは狼狽《うろた》えたように目を伏せた。

どうやら、朝次は謝っていないようである。

いや、それどころか、もしかすると、ぼんやりしていてすまなかった、とおてるのほうが頭を下げたのかもしれない。

「謝っていないんだね? あの愚図郎兵衛《ぐずろべえ》が、何を考えているんだろ! ごめんよ、あとで叱《しか》っておくから許してやっておくれよ」

お葉が手を合わせてみせる。

「いいんです。女将さん、叱らないでやって下さい。あたしがぼんやりしていて、避《よ》け損《そこ》ねたのが悪いんだから……」

「まっ、なんて優しいことを言ってくれるんだえ……。有難《ありがと》うよ。さっ、振袖を脱ぎな! 乾くまであたしの着物を羽織っているといいからさ」

お葉がおてるを閨に連れて行く。

「さっ、これに着替えるといい」

そう言い、洗い張りに出すつもりだった紗の着物を手渡す。

そうして、お葉がおてるの脱いだ振袖を手に茶の間に戻ってみると、おはまが鏝を温め待っていた。

「なんていい着物なんだえ！　ずっしりとして目方があるところをみると、これはかなりの上物だよ」

「こんなに上等な着物を誂《あつら》えてもらえるんだもの、おてるちゃんは幸せ者ですよ」

「きっと、お町さん、亡くした娘にしてやりたかったことを、おてるちゃんにしてやっているんだろうね」

「お冴《さえ》ちゃんて言いましたかね？　三歳で水死したと言ってたけど、生きていれば十一歳……。おてるちゃんのほうが二歳歳上《としうえ》だけど、お町さんにはおてるちゃんが娘の生まれ変わりのように思えるんでしょうね」

おはまが振袖に鏝を当てながら、仕こなし顔に言う。

と、そこに、おてるがお葉の紗の着物を纏《まと》って茶の間に現れた。

「おや、似合うじゃないか！　若い娘には地味かと思ったが、こうしてみると、なかなか乙粋《おついき》だよ。ねっ、おはまもそう思わないかえ？」

「ホント……。よく似合ってること！」

おてるは恥ずかしそうに肩を竦《すく》めた。

「あたし、華《はな》やかな色より地味な色のほうが似合うみたいで、その振袖もおっかさんが娘の頃に着ていた着物なんですって……。最初《はじめ》は十三のあたしには少し地味かなって言いながら着せてくれたんだけど、着てみると存外に似合ったものだから、おっかさん嬉しくなったらしくて、次から次へと自分の娘時代の着物を持ち出してきて、取っ替え引っ替えあたしに着させるの……」

「おやまっ、それじゃ、着せ替え人形じゃないか。お町さんにとって、おてるちゃんはいい玩具《おもちゃ》ってわけなんだ！　まっ、その気持は解《わか》らないでもないがね……。それで、今日は何か用があって来たんだろ？」

お葉がおてるに茶を淹《い》れてやりながら訊ねる。

「はい。おっかさんが十三日に品川宿《しながわしゆく》で品《しな》の月《つき》を愛《め》でるんで、あっ、もちろん、おとっつァんもあたしも行くんだけど、女将さんが許して下されば良作も一緒に連れて行きたいので、女将さんに許しをもらってきてくれって……」

おてるが上目《うわめ》にお葉を窺う。

「あっ、後《のち》の月《つき》にね……。へえェ、わざわざ月の名所まで行くとは豪気じゃないか！　あい解った！　悦んで良作にお供させようじゃないか。それにしても、有難いことじゃないかえ……。米倉ではちゃんと弟の良作にまで気を配ってくれるんだからさ」

「本当にそうですよね。けど、良作も莫迦なことをしたもんだよ。米倉では良作も引き取り、見世で使ってやると言ってくれたというのに、断っちまったんだもんね。やっぱ、おてるちゃんが米倉の養女になるというのに、自分だけ使用人というのが気に食わなかったのかしらね？」

おはまがそう言うと、おてるはきっと顔を上げた。

「違います！　良作はそんな料簡《りようけん》の狭《せま》い子ではありません。そうではなく、あの子は町小使《まちこづかい》（飛脚《ひきやく》）に憧《あこが》れているんです。佐之助さんのような脚《あし》の速い町小使になるのが夢なんです。だから、あたし、あの子の夢を毀《こわ》しちゃならないと思い、それで泣く泣く離れ離れになることを承諾したんですよ」

おてるはそのときのことを思い出したのか、辛《つら》そうに顔を歪《ゆが》めた。

昨年の暮れのことである。

葉茶屋問屋米倉の内儀《おかみ》お町のお側《そば》をしていたおてるに、米倉から養女にならないかと話が持ちかけられたのである。

お町は一人娘のお冴を三歳の時に水死させ、以来、気の方《かた》（気鬱《きうつ》の病《やまい》）に陥《おちい》っていたが、米倉からお町の身の回りの世話や話し相手になってくれる娘をと日々堂が依頼を受け、お葉は迷わずおてるを推挙した。

ちょうどその頃、品川で飯盛女《めしもりおんな》をしていた母親とは離れて暮らし、そのうえ父親と弟の一人を流行風邪《はやりかぜ》で失ったばかりだったおてるになら、お町の心の疵《きず》が癒《いや》せるのではないか。

そう思ったお葉の推測はぴたりと当たった。

お町はおてるの中に、三歳で亡くした娘の成長した姿を見出《みいだ》したのである。

それゆえ、米倉からおてるを養女にしたいと話が出たとき、お葉はさほど驚かなかった。

当然の成り行きというか、むしろ、そうなることを願っていたのである。

が、問題は、日々堂で引き取った良作をどうするかということ……。

米倉では、養子にするのはおてるだけでよいという。

あのとき、お町は言った。

「良作までを養子として迎えることはいささか気が進みませんのでね。それでは、あたしがおてるをお冴の生まれ変わりと思う心に水を差してしまいます。お冴は米倉の一人娘でした。いずれ、見合った家から婿《むこ》を取り、米倉を支えていく身でしたからね。それなのに良作までを養子に迎えたのでは、いつの日にか、おてるを嫁に出さなくてはならなくなりますでしょう？　あたしはそんなのは嫌《いや》です。おてると二度と離れたくない……。ねっ、女将さんからもおてるに言ってやって下さいませ。良作は使用人として引き取るが、決して粗末《そまつ》には扱いません。良作さえ我勢《がせい》して（まじめに頑張って）働いてくれれば、いずれ、暖簾《のれんわ》分けすることを考えてやってもいいのですから……」

お町の気持はお葉にもよく解った。

それで、おてるの口から良作に噛《か》んで含めるように事情を説明し、使用人として米倉に一緒に来るかと訊ねたのであるが、良作は首を縦《たて》に振ろうとしなかった。

先々、葉茶屋の見世を持つよりも、町小使になるほうがよいというのである。

おてるは縋《すが》るような目をして、念を押した。

「じゃ、良作、姉ちゃんと離れ離れになってもいいんだね？」

「うん、いいよ。だって、今までだって、おいらは日々堂で、姉ちゃんは米倉だったんだもん！」

「でも、これからは、姉ちゃんは米倉の娘になるんだよ。それでもいいんだね？」

「おいらの姉ちゃんじゃなくなるの？」

「そうじゃない！　あたしが米倉の娘になっても、良作の姉ちゃんに変わりないさ」

「だったら、いいよ。おいら、ここにいる」

「良作ったら……」

おてるの目に涙が盛り上がった。

「なんで、あたしと一緒に来てくれないのさ……。姉ちゃんの傍にいたら、何かと気を配ってやれるのに……。これじゃ、あたしが弟を捨てて自分だけ幸せになろうとしているとと思われても仕方がないじゃないか……。良作、いいよ。あたし、養女の話は断る。事情を話し、これまでどおり、お側として米倉に置いてもらうように頼むから……」

おてるは顔に手を当て、泣きじゃくった。

お葉は極力口を挟まないつもりでいたが、居ても立ってもいられず割って入った。

「おてるちゃん、自分の気持を包み隠さずに話さなきゃ駄目だよ！　そうするって約束したじゃないか。おまえはそうやって、いつも家族の犠牲になろうとする……。今まではそれでよかったかもしれないが、今回ばかりは、おてるちゃんが犠牲になったところで悦ぶ者は誰もいないんだよ。むしろ、お町さんを失望させて哀《かな》しませるくらいなことでさ。それに、おまえ、言ってたじゃないか！　自分は母親の愛に飢《う》えていたから、内儀《おかみ》さんをおっかさんと呼べて、こんなに嬉しいことはないって……。あれは万八《まんぱち》（嘘《うそ》）だったのかえ？　そうじゃないだろう。もっと、自分の気持に正直になりなよ！　良作が使用人なのに、自分だけが幸せになろうとしてるだって？　思い上がるのも大概《たいがい》にしな！　良作はね、てめえの力で道を切り開こうとしてるんだ。この子の夢は、頭が切れて、誰よりも速く走れる町小使になることなんだ。町小使のどこが悪い！　おまえが弟のことを本気で案じてやるのなら、一日でも早く一人前の町小使になれるように祈ってやることだね」

お葉の剣幕に、おてるが激しく肩を顫《ふる》わせた。

「姉ちゃん、泣くなよ……」

良作は心配そうにおてるの顔を覗《のぞ》き込んだ。

「また逢《あ》えるから……。おいら、姉ちゃんに逢いたくなったら、入船町を訪ねるよ。ちゃんと女将さんや友造さんに断って訪ねるから、ねっ、女将さん、それならいいよね？」

「ああ、いいともさ。ほれ、おてる、良作のほうがずっと聞き分けがいいじゃないか。さっ、涙を拭《ぬぐ》って、饅頭《まんじゆう》をお上がり……」

それで、おてるは米倉の養女になることを決心したのだった。

年が明け、おてるは晴れて米倉の義娘《むすめ》となった。

良作も現在《いま》ではすっかり日々堂の男衆《おとこし》の中に溶《と》け込み、小僧の務めを果たしている。

　おてるが恋しくなったら、入船町の米倉まで逢いに行くと言っていた良作だが、いまだに許しを請《こ》いに来ないところをみると、どうやらあれから一度も訪ねて行っていないようである。

「女将さん、良作は元気にしていますか？」

　おてるが気を取り直し、お葉を瞠《みつ》める。

「ああ、元気だよ。おてるちゃんも背が伸びたようだが、この頃うち、良作は二寸ばかし伸びたかもしれないよ。育ち盛りなんだね。そうだ、まだ見世を覗いていないんだろう？　だったら、良作をここに呼ぶから、おてるちゃんの口から品川宿まで月を愛でに行くことを話してやるといいよ……」

　お葉は言うが早いか、もう見世へと向かっている。

　しばらくして、お葉は良作と朝次を従え、茶の間に戻って来た。

「まずは朝次だ。お坐《すわ》り、朝次！」

　朝次は大きな図体を折るようにして正座した。

「さあ、どうした？　おまえ、おてるちゃんに謝ることがあるだろ！」

　お葉が鋭い声を出す。

朝次は怖《お》ず怖ずと顔を上げたが、お葉の言う意味が解らないのか、目をまじくじさせた。

「おまえ、なんで謝らなきゃならないのか、それも解っていないのかえ！」

「俺が……、俺が……、水をかけやした……。けど、わざとじゃねえ。たまたまこの女《ひと》が通りかかったから……」

「そりゃ往来だもの、人は通るさ！　だから、通行人にかからないように細心の注意を払って水を撒かなきゃならないんだ。そんなことも解らないのかえ！　さっ、ちゃんと手をついて謝るんだよ」

朝次は畳に頭を擦《す》りつけるようにして、すんませんでした、と謝った。

「もういいの。いいから、頭を上げて……。女将さん、本当にもういいんですから！」

おてるが悲痛な声を出す。

お葉は頷くと、朝次、今後は気をつけるんだよ、さっ、もう行ってもいいよ、と声をかけた。

朝次はしおしおと見世のほうに戻って行った。

「あのくらい言っておかなきゃね。どれ、待たせちまったね。良作、おてるちゃんがおまえに嬉しい知らせを持って来てくれたんだよ！」

お葉がおてるに早く話してやれと目まじする。

「良作、久し振りだよね！　おまえ、こんなに大きくなって……。さっきは良作の隣《となり》にもっと大きな男《ひと》がいたから感じなかったけど、こうしてみると、ずいぶんと背が伸びたみたいだね」

「姉ちゃんだって……。それで、話って、何？」

「まっ、なんだろ、この子って！　久し振りに逢ったというのに、もっと嬉しそうな顔をしてくれてもいいじゃないか……。あのね、米倉のおとっつァんとおっかさんが、あたしと良作を品川宿まで後の月を愛でに連れてってくれるんだって！　ねっ、凄《すご》いだろう？」

「後の月って、いつ？」

「今日が重陽で九日だから、四日後だよ」

「けど、おいらは日々堂の仕事があるもん……」

お葉は、おやっと思った。

良作がさほど嬉しそうではないのである。

「良作、うちのことは心配しなくていいんだよ。あたしから宰領《さいりよう》にちゃんと断りを入れておくからさ」

「おいら、やっぱ、いい……」

「行きたくないというのかえ?」

お葉とおはまが訝しそうに顔を見合わせる。

「姉ちゃんには米倉はおとっつァんやおっかさんかもしれねえが、おいらには他人だもの……」

あっと、お葉は息を呑《の》んだ。

やはり、良作はおてるだけが米倉の養女となったことを不服に思っているのであろうか……。

「良作、確かに米倉のおとっつァんやおっかさんはおまえにとって他人かもしれない。けど、それだっていいじゃないか！　米倉のおっかさんがなぜあたしたちを品川宿に連れて行こうとしているのか解る?　あたしたちをおっかさんが葬《ほうむ》られた海蔵寺《かいぞうじ》にお詣《まい》りさせたいからなんだよ……。ほら、一年前、おっかさんが自害して死んだと聞き、おまえと二人して墓詣りをしたことがあっただろう?　あのときね、米倉のおっかさんはあたしたちの気持に気づき、胸が詰まったんだって……。それで、一度は自分もちゃんとお詣りをして、あたしを養女にしたことを報告し、今後、良作にその気があれば、米倉ではいつでも手を差し伸べるつもりだってことを報告しておきたいって……。けど、これまでなかなか品川宿まで脚を延ばすことができず、お詣りしていなかったんだよ。ところが、この度《たび》、米倉の取引先が後の月を見に来ないかと誘ってくれてね……。米倉のおっかさんね、これはまたとない機会だと思い、あたしやおまえを一緒に連れて行こうと思ったんだって……。月を愛でるのは夜だから、その日は戻って来られないだろう？　それで、旅籠《はたご》の手配もしてくれたんだよ。そうすれば、ひと晩、姉弟《きょうだい》でゆっくり話ができるだろうからって……。米倉のおっかさんね、良作ともっともっと仲良くなりたいんだって！　ねっ、行こうよ。一年振りにおっかさんの墓にも詣れるんだ。きっと、おっかさんも悦んでくれると思うからさァ」

おてるが良作の顔を覗き込む。

良作は上目におてるを見ると、ああ、解ったよ、と呟いた。

「まあ、良作のあの態度はどうでしょう！」

おてるを表まで見送って茶の間に戻って来たおはまが、蕗味噌《ふきみそ》を嘗《な》めたような顔をする。

「ああ、もっと悦ぶかと思ったのに、拍子抜《ひょうしぬ》けしちまったね」

お葉が紗の着物を畳《たた》みながら苦笑する。

「行きたくないのでしょうかね?」

「良作は米倉の旦那やお町さんに逢ったことがないんだもん、気後《きおく》れして当然だよ。けど、なんといってもまだ子供だもの、半日も一緒にいれば心を開くだろうさ」

「けど、女将さん、心を開くのはいいけど、懐《なつ》いちゃって、良作が米倉に行きたいと言い出したらどうします?」

「どうもこうもないさ。良作が米倉に行きたいのなら、日々堂としては快《こころよ》く送り出すまで……。そうすれば、おてるちゃんも悦ぶだろうし、案外、お町さんにもその下心があって、此度《こたび》、良作を品川宿に連れて行こうと思ったのかもしれないからさ……」

「そうかもしれませんね。二日も一緒にいれば、互いに情が移るでしょうからね。それはそうと、朝次の抜作《ぬけさく》にも困ったもんですよ。今し方、おてるちゃんを送って表に出たところ、昇平《しょうへい》や市太、権太にまで、がんぼってからかわれているんですからね……。図体の大っきな大人が、十五、六の小僧に莫迦にされて、へらへら笑っている様《さま》は見られたものじゃありませんからね……」

おはまは顔を顰《しか》め、肩息《かたいき》を吐《つ》いた。

「ががんぼ？」

「ええ、手脚の長い、蚊《か》に似た虫。図体だけは大きいが、弱々しくって、すぐに脚がもげてしまう……。あれですよ！」

朝次ががんぼ……。お葉も頭の中にががんぼの姿を想起した。

別名、蚊の姥《うば》とも蚊蜻蛉《かとんぼ》、大蚊《おおか》とも呼ばれ、蚊を数倍に大きくした形をしているが、動きが緩慢《かんまん》なので見た目がどこかしら弱々しく、灯火に飛来し停《と》まろうともがく様子は、憐《あわ》れにも滑稽《こっけい》にも見える。

だが、朝次をががんぼとは……。

「小僧にそんなことを言わせちゃ駄目じゃないか！」

お葉が声を荒げる。

「ええ、だから、あたしも小僧たちを叱りつけておきましたよ。けど、肝心《かんじん》の朝次が、俺《おり》ャ、どこのお店《たな》でもががんぼと呼ばれていたんだ、と平気な顔をしているんですからね」

「本人ががんぼと呼ばれても構わないというのかえ？」

「ええ。市太が言うには、朝次のほうから、俺《おり》ャ、がんぼと呼ばれていたんだ、と打ち明けたらしくって……。それで、余所《よそ》の見世ではそうだったかもしれないが、うちでは誰も仇名《あだな》で呼ばないのだから、二度とそんな呼び方をしては駄目だと言ってやったんですよ」

「そうかえ……。仇名も愛称としてならいいが、蔑称《べっしょう》は許せないからね」

「ところが、朝次はがんぼを蔑称とは思っていないみたいなんですよ。あいつ、蔑称の意味も解っていないのでしょうかね？　ただね、いくら本人がそう呼ばれても構わないといっても、店先じゃねえ……」

おはまが渋面《じゅうめん》を作ってみせる。

「朝次を裏方として使うわけにはいかないのかえ？」

「いえ、使ってるんですよ。此《こ》の中《じゅう》、薪割《まきわ》りや水汲《みずく》みといった力仕事は朝次の仕事ですからね。ところが、あいつ、力だけは人一倍あるもんだから、これまで小僧が二人がかりで割っていた薪をあっという間に割っちまう……。水汲みだって、風呂《ふろ》に水を満たすのはこれまた大変な作業だというのに、朝次は両手に桶《おけ》を提《さ》げて運ぶものだから、すぐに終わっちまいましてね。かといって、勝手仕事で朝次に手伝わせることは何ひとつないし、朝次も女衆《おなごし》と一緒にいるより男衆と一緒にいたいものだから、すぐに見世のほうに戻っちまうんですよ……」

お葉には朝次が猛烈な勢いで薪を割り、しゃかりきになって桶を運ぶ様が目に見えるようで、ふっと頬《ほお》を弛《ゆる》めた。

「では、風呂焚《た》きまではやっていないんだね？　朝次に風呂焚きを委《まか》せちゃどうだえ？」

「風呂焚きですかァ……。朝次に火を扱わせて大丈夫でしょうかね？　そりゃ、現在《いま》はお端女たちが交替で風呂焚きをしてるんで、朝次にやってもらえれば助かることは助かるんですけどね。なんだか心配で……」

おはまが眉根《まゆね》を寄せる。

「だから、最初《はじめ》は誰か女衆が傍について、焚き方や火の扱い方を教えるんだよ。朝次には風呂が沸《わ》くまで、何があっても焚き口から離れちゃ駄目だと言っておくのさ。つまり、朝次は風呂番……。責任を持たせるんだよ。そうすりゃ、朝次も自信がつくだろうからさ！」

お葉がそう言うと、おはまも納得したとばかりに頷いてみせる。

「お富さんに朝次の指導をしてもらってはどうだろう……」

「お富さんに？　ああ、それがいいかもしれません」

石場《いしば》の切見世《きりみせ》銀仙楼《ぎんせんろう》で下働きをしていたお富を日々堂に引き取り、そろそろ半年になろうとする。

お富はかつては御船蔵前《おふなぐらまえ》の提灯屋《ちょうちんや》の後家《ごけ》だったが、お葉の母久乃同様、上方《かみがた》から来た陰陽師《おんみょうじ》に入れ揚《あ》げ、見世の金を持ち出せるだけ持ち出すと、京へと出奔《しゅっぽん》してしまったのである。

ところが、桃源郷《とうげんきょう》があると言った陰陽師の話は真っ赤な嘘で、京に集められた女《おな》ごたちは場末の水吐場《みずはきば》（遊里《ゆうり》）に売り飛ばされたという。

お富は久乃とは京で離れ離れになったというが、お富のその後の身の有りつきは筆《ひっ》舌《ぜっ》に尽くしがたいもので、やっとの思いで自由の身になると、お富はなんとしてでも深川に戻りたいと路銀を稼《かせ》ぐために懸命に働き、七年の歳月をかけて生まれ故郷に戻って来ると、石場の切見世に下働きの仕事を見つけたのである。

そのことを友七親分から聞いたお葉はお富に逢った。

母久乃のことを聞きたいと思ったのである。

が、お富は京で久乃と離れ離れとなってから、その後のことは何ひとつ知らないと言った。

それどころか、久乃はもう生きていないのではなかろうかとまで言ったのである。

が、そのときのことが縁でお富と親しくなったお葉は、お富を日々堂で引き取ろうと思った。

「切見世の下働きなんか止《や》めて、うちに来る気はないかえ？　ごらんの通り、うちは大所帯だ。下働きはいくらでも要《い》るからね。それに、おまえさんとはよし乃屋にいた頃《ころ》からの縁……。あたしの傍に来てくれれば、おまえさんの先行きはあたしが責任を持ってみるからさ！　ねっ、そうおしよ」

「おまえさんを見ていると、おっかさんを思い出してね。そりゃさ、おっかさんのことを恨《うら》んだこともあったよ。けど、おまえさんから上方に行ってからのことをいろいろと聞いただろ？　あの女《ひと》も充分苦しんだのだなと思うと、いつまでも恨んでなんかいられない……。だからさ、おっかさんが生きていたらしてやりたいと思うことを、おまえさんにしてやりたいんだよ」

そうして、お富は日々堂の一員となったのであるが、なんといってもお富は五十路《いそじ》を超《こ》えている。

しかも、お端女の中では新参者《しんざんもの》とあり、もしかすると肩身の狭い想《おも》いをしているのかもしれない……。

ならば、朝次の指導をさせることで、お富に生き甲斐《がい》を持たせてやることはできないものか……。

「じゃ、今日から、風呂焚きはお富さんと朝次の役目だ。それでいいね？」

お葉が片目を瞑《つぶ》ってみせる。

おはまも了解したとばかりに頷いた。


おはまがお葉、正蔵、龍之介の箱膳《はこぜん》の上に菊酒を配っていく。

「おっ、菊酒か！　あっ、そうか、今日は重陽なんだな……」

正蔵が酒にありつけ、にっと相好《そうごう》を崩《くず》す。

「えっ、おいらは？　おいらにはくれねえのかよ……」

清太郎が不服そうに頬を膨《ふく》らませる。

「そう言うだろうと思って、ほら、これは清坊に……。お茶けの中に菊の花弁《はなびら》を入れておいたからさ！」

おはまが清太郎の箱膳に菊茶《きくちゃ》の入った湯呑《ゆのみ》を置く。

「なんでェ、お茶かよ……」

「いいから、ひと口飲んでみな！　文句は飲んでから言ってほしいもんだね」

清太郎が疑心暗鬼《ぎしんあんき》に湯呑を口に運ぶ。

「えっ、これ、甘いよ！」

おはまが、どうだ！　とばかりに目まじしてみせる。

「砂糖を混ぜておいたんだよ」

「じゃ、正真正銘《しょうしんしょうめい》の甘茶《あまちゃ》じゃないかえ！」

お葉が感心したように言う。

今宵《こよい》のお菜《さい》は鯖《さば》の味噌煮《みそに》に菊花《きっか》のお浸《ひた》し、蒟蒻《こんにゃく》の葱《ねぎ》味噌煮、里芋《さといも》ご飯、あつめ汁……。

あつめ汁とは、里芋、湿地《しめじ》、牛蒡《ごぼう》、切り干し大根《だいこん》、竹輪《ちくわ》、焼き豆腐《どうふ》の入った具沢山《ぐだくさん》味噌汁のことである。

もちろん、菊花のお浸しは重陽を意識してのことだろう。

「重陽といえば、確か、今日が三崎さまの祝言《しゅうげん》ではありやせんでしたかね？」

正蔵が菊酒を口に含み、龍之介を見る。

「ああ、たぶんな……」

なんとも龍之介らしくない答え方である。

「たぶんとは?」

お葉が訝しそうに龍之介を窺う。

「あれ以来、三崎が道場に姿を見せないのでな……」

「あれ以来って、戸田さまがとん平で三崎さまと飲んだとき以来ってことかえ?」

「まさか、道場を辞《や》めるつもりじゃねえでしょうな?」

正蔵が龍之介の顔を覗き込む。

「それが、師匠にも師範代にも何も言っていないそうでよ。辞めるのであれば、ひと言挨拶《あいさつ》があってもよいが、それもないのでな……」

「きっと祝言の準備で忙しかったんだよ。祝言を挙《あ》げて落ち着けば、また顔を出すつもりなんだろうさ。それとも、そんなに気になるのなら、とん平にいる姉さんに訊ねてみるといいよ」

お葉がそう言うと、龍之介が滅相《めっそう》もないといった顔をする。

「三智どのは板場にいるのだ。俺が行って呼び出しでもすると、他の客に妙だと思われちまう……。あの女《ひと》が板場にいることは内緒なんだからよ」

「ああ、そうだったね。じゃ、三崎さまが道場に出て来るまで待つより仕方がないってことか……。おはま、この蒟蒻、ピリッとしていてなかなか美味《うま》いじゃないか!

いつものぴり辛煮《からに》と違うと思ったら、味噌が絡《から》めてあるんだね」

「鯖が味噌煮で蒟蒻まで味噌味……。おまけに、あつめ汁までが味噌仕立てときて、ちょいと今宵は献立に失敗しちまいましたよ」

おはまが気を兼ねたように言う。

「そんなことはないさ。ご飯が里芋ご飯なんだもの、お菜はこのくらいしっかりした味でいいさ。けど、清太郎には少し辛かったかもしれないね」

「ううん、おいら、辛いの大好き！」

「ほう、清坊はおとっつァんに似て、成る口のようだな」

正蔵が清太郎の頭をちょいと小突く。

「成る口って？」

「お酒が飲めるってことさ。上戸《じょうご》ともいうんだけどさ」

「ふうん……。じゃ、飲めない人は？」

「上戸の反対で下戸《げこ》さ」

「じゃ、ががんぼは下戸だね？」

清太郎の言葉に、お葉はきやりとし、おはまの顔を見た。

「清坊、ががんぼって誰のことを言ってるんだえ？」

おはまが驚いたように言う。

「先月入った大っきな男《ひと》！　そう、朝次って男《ひと》だよ」

「それで、朝次が下戸とはなんのことだえ？」

お葉に睨《ね》めつけられ、清太郎が狼狽《うろた》える。

「だって、がんぼが紅《あか》い顔をしているのを見て、市《いっ》ちゃんや昇《しょう》ちゃんが、どうしてエ、酒でも飲んだような顔をしてるじゃねえか、とひょっくら返したら、俺《おり》ャ、下戸だ、顔が紅《あけ》ェのは焚き口の前にあんまし長《なげ》ェこと坐っていたからだ、とがんぼが答えたんだよ……。だから、おいら……」

清太郎が潮垂《しおた》れる。

お葉は、やれ、と溜息《ためいき》を吐いた。

「いいかえ、清太郎。朝次のことをがんぼなんて呼ぶんじゃないよ！　市太や昇平はそうやって朝次をからかったんだろうが、これは決して褒《ほ》められたことじゃないからね。おまえだって、シマがいなくなって心細い想いをしていたとき、金ちゃんや章ちゃんにからかわれて嫌な気がしただろう？　他人《ひと》の弱みにつけ込みひょうらかす（からかう）のはよくないことなんだからね！」

「なんで？　おいらはシマがいなくなったとき、不安で不安で堪《たま》らなかったけど、ががん……、いや、朝次さんはあんなに身体《からだ》が大きいんだよ。弱みなんてないじゃないか……」

「だからさァ、それは……」

お葉はなにゆえ朝次が皆からががんぼと呼ばれるのか説明しようとして、言葉に詰まった。

「とにかく、二度と朝次のことをがんぼと呼ぶんじゃないの！　正蔵、小僧たちにもそう釘《くぎ》を刺しておくれよ」

「へい。すみやせん。あっしの目が行き届きやせんで……」

「だが、朝次も朝次だよ。顔が紅くなるほど焚き口に顔を近づけなくてもよいものを……」

おはまが呆《あき》れ果てたような顔をする。

おそらく、今日が風呂焚きの初日ということで、朝次はお富から目を離すなと言われ、一心《いっしん》不乱《ふらん》に薪《まき》が燃えるのを見守っていたのであろう。

そんなところがいかにも朝次らしい。

が、それでも慣れてくれば少しは違ってくるだろう。

辛抱《しんぼう》強く待つよりほかないのである。

「そりゃそうと、十三日と翌日、良作に暇《ひま》をやってくれないかね？」

お葉が鯖の味噌煮をつつきながら言う。

「へえ、そりゃようがすが、なんでまた……」

「それがさ、米倉がおてるちゃんと良作を品川宿まで連れて行き、品の月を愛でさせるというんだよ！」

おはまが割って入る。

「ほう、品の月を……。そいつァまた粋《いき》な計《はか》らいを……。しかも、良作まで連れて行こうってんだからよ……。おっ、俺《おり》ャ、気に入ったぜ！」

「それがさ、おてるちゃんたちのおっかさんが海蔵寺の投込塚《なげこみづか》に葬られているだろう？　どうやら、月見というのは口実で、お町さん、おてるちゃんと良作を墓詣りに連れて行きたいらしいんだよ。あたし、それを聞いて、お町さんの気扱《きあつかい》に頭が下がるような想いがしてさ……」

おはまが仕こなし顔に言う。

「そういえば、おてるちゃんと良作が黙って品川宿まで行ったのは、去年のお盆でしたよね？」

龍之介も二人がいなくなり、皆して大騒ぎしたときのことを思い出したようである。

一年ほど前のことである。

長患《ながわずら》いの亭主の薬料《やくりよう》を捻出《ねんしゆつ》するために品川遊里に飯盛女として売られていったおてるの母親が、足抜けしようとして捕まり、折檻《せつかん》された末、自害して果てたことが判明したが、お葉は敢《あ》えておてるたちにはそのことを伏せた。

父親《てておや》と下の弟を流行風邪で失ったばかりのおてるたちに、母親までがもうこの世にいないと知らせるのは酷のように思ったからである。

ところが、おちょうがついうっかり良作に、お盆なのにおっかさんの墓に詣らなくてよいのか、と口を滑《すべ》らせてしまった。

しかも、ご丁寧《ていねい》にも、海蔵寺の投込塚に葬られたことまでも……。

母親が亡くなったことを知った良作は、思い倦《あぐ》ねて米倉にいる姉のおてるに相談した。

おっかさんはもうこの世になく、品川宿の海蔵寺に葬られたんだ……。

これまでも遊里にいる母親に逢うことはできなかったが、生きてこの世にいるというのと、もうこの世にいないというのでは、大違いである。

せめて、おっかさんが葬られたという墓に詣り、お別れを言わなければ……。

十二歳と十歳の幼い姉弟は、手に手を取って深川から品川宿まで歩いたのである。

たまたまお葉に頼まれたおはまが海蔵寺に詣り、行合橋《ゆきあいばし》の袂《たもと》で二人に出会《でくわ》したから事なきを得たというものの、仮に、あのときおはまが二人に出逢えていなかったらどうなっていたか、考えるだに空恐ろしい。

そういえば、おてるたちがおはまに連れられ日々堂に戻って来たときにも、確か、行灯《あんどん》の灯《ひ》に誘われ、あたしの目の前をがいんぼがゆるゆると彷徨《さまよ》っていたっけ……。

やたら長くて細い脚を持つ、がいんぼ……。

その緩慢な動きは見るからに弱々しく、どこか空惚《そらとぼ》けていて、ゆるゆる、ふわふわ、宙を漂《ただよ》う儚《はかな》げな肢体《したい》……。

がいんぼと仇名を持つ朝次が、日々堂の一員となったのも何かの縁かもしれない。

お葉がそんなことを思い出していると、清太郎が羨《うらや》ましそうにぽつんと呟いた。

「いいな、良作は……」

「良作が品の月を見に行けるからかえ？　だったら、清太郎はおっかさんと洲崎弁天《すさきべんてん》で後の月を愛でようじゃないか！　品川宿は月の名所だが、洲崎の月も捨てたもんじゃないからさ」

お葉がそう言うと、龍之介までが、よし、俺もその話に乗った！　と手を挙げる。

「えっ、ホント！　お団子《だんご》も食わせてくれる？」

「ああ、団子だろうと汁粉《しるこ》だろうと、なんだって食わせてやるさ！」

そう言ったお葉の声も弾《はず》んでいた。


集配から戻って来た町小使の与一《よいち》は、日々堂の日除《ひよけ》暖簾の中を窺う二十二、三歳の女ごに目を留め、背後から声をかけた。

「便り屋に何か用かよ！　文《ふみ》を出してェのなら、俺が預かるが……」

女ごは驚いたように振り返った。

「…………」

「どうしてェ、怖がるこたァねえ。誰しも初めて便り屋を利用するときは物怖《ものお》じするが、なに、簡単な手続きだからよ。配達先が大川《おおかわ》より東なら二十四文《もん》、大川を渡るようなら三十二文、返書を貰《もら》ってくる場合は割り増しとなるがよ。それで、どこまで届けるんでェ……」

与一が畳みつけるように言うと、女ごは引き攣《つ》った顔をして後退《あとじさ》った。

「あっ、もしかして、これから文を書くってことか？　つまり、代書してもらいてェとか、それとも、口入屋《くちいれや》のほうに用か？」

女ごが首を横に振る。

「違うって？　じゃ、なんで見世の中を覗いてたんでェ……」

「あのう……、ここにおこんって女《ひと》がいませんか？」

「おこん？　ああ、いるがよ……。おめえ、おこんさんに用があるのか」

女ごが頷く。

「じゃ、呼んで来てやっから待ってな。それで、おめえの名は？」

与一がそう言うと、女ごは挙措《きよそ》を失った。

「あっ、やっぱりいいです」

「いいって……。けど、おめえ、おこんさんに用があって来たんだろ？」

「いえ、本当にもういいんです」

女ごはそう言うと、泡《あわ》を食ったように一の鳥居のほうに走り去った。

「なんでェ、ありゃ……」

与一が訝しげに首を傾《かし》げ、見世の中に入って行く。

「ただいま帰《けえ》りやした」

帳場の正蔵に声をかけ、腹掛けの丼《どんぶり》（ポケット）から集めてきた飛脚賃を取り出し、正蔵に手渡す。

「日々堂扱いが十五通で三百六十文。葭町《よしちよう》送りが八通で二百五十六文。締《し》めて、六百十六文となりやす。確かめてみて下せえ……」

「おっ、ご苦労だったな。中食《ちゆうじき》を食ったら、午後からまたひとっ走りしておくれ」

「へい」

与一は井戸端で汗を拭《ぬぐ》おうと、裏庭に廻《まわ》った。

薪を割っていた朝次が与一の姿を見て、ひょいと会釈《えしやく》する。

与一はふンと鼻先で嗤《わら》うと、井戸に釣瓶桶《つるべおけ》を浸し、水を汲み上げた。

そうして、頭に巻いた手拭《てぬぐい》を水に浸し、諸肌《もろはだ》脱ぎになって全身を拭う。

ふっと、先ほどの女ごのことが頭を過《よ》ぎった。

やっぱ、おこんさんに、女ごが訪ねて来たことを伝えたほうがいいのじゃなかろうか……。

女ごは名前も名乗らず逃げちまったが、おこんさんに用があるから訪ねて来たのに違《ちげ》ェねえんだからよ。

与一は手拭を固く絞《しぼ》ると、厨へと向かった。

厨は中食の仕度《したく》の真っ最中であった。

おこんが味噌汁に入れる葱を刻《きざ》んでいる。

「おや、与一じゃないか。なんか用かえ?」

おはまが鍋を搔《か》き混ぜる手を止め、怪訝《けげん》な顔をする。

女衆の目がいっせいに与一に集まった。

町小使が厨を覗くことは滅多にないことなので、どうやら不審に思われたようである。

「いや、さっき女ごがおこんさんを訪ねて来てよ……」

「女ごがあたしを訪ねて来たって? いったい、誰だろう……」

おこんが首を傾げる。

「名前は?」

おはまが訊ねる。

「いや、それが……。訊《き》いたんだが、急に、いやもういいからって帰《けえ》っちまってよ」

「訪ねて来ておいて、名前を訊かれたら、もういいって? なんだえ、それは!」

おはまが甲張《かんば》った声を上げる。

「与一さん、その女《ひと》、幾《いく》つくらいだった？」

おこんが怖ず怖ずと訊ねる。

どうやら、心当たりがあるとみえる。

「二十二、三ってところかな？」

「形《なり》は？　どんな恰好《かっこう》をしていました？」

「形と言われてもよ……。俺《おり》ャ、女ごの形には疎《うと》いからよ。けど、町娘にゃ見えなかったな……。そうだ、ありゃ百姓娘だ。木綿《もめん》の継《つ》ぎ接《は》ぎを纏《まと》っていたからよ」

おこんの顔から色が失《う》せた。

「おはまさん、すみません。ちょいと厨を抜けさせてもらってもいいですか？」

おこんが縋るような目でおはまを見る。

「そりゃいいけどさ。けど、与一の話じゃ、その女《ひと》、もう帰ったというんだよ」

「それでも、どうか……」

おこんはおはまの返事を待たず、厨から飛び出して行った。

女衆が顔を見合わせ、首を竦める。

「きっと、心当たりがあるんだよ」

「けど、もう帰ったというんだもの、今から追いかけたって捕まらないだろうに

「おこんさん、確か、下総《しもうさ》の海とんぼ（漁師）の娘だったんだよね？　てことは、親《しん》戚《せき》が訪ねて来たんだろうか……」

おさとのその言葉に、おはまの胸がきやりと揺《ゆ》れた。

娘だ……。

おこんの娘、おみえが訪ねて来たのだ……。

それで、おこんは前後を忘れて、飛び出して行ったに違いない。

おはまは居ても立ってもいられなくなったが、このことを知っているのはお葉とおはまだけである。

となれば、現在《いま》は騒ぎ立てないほうがよいだろう。

もうしばらく様子を見よう。それがおこんのためなのだから……。

おはまは鬼胎《きたい》を振り払うと、ポポンと手を叩《たた》いた。

「皆、どうした？　手が止まってるじゃないか！　お喋《しやべ》りはそのくらいで……。そろそろ男衆が中食を摂《と》りに戻って来るからさ。おせいさん、おこんさんの代わりに葱を刻んでおくれ。おちょう、何やってるんだえ！　さっさと箱膳の用意をするんだよ」

……」

厨に再び活気が戻った。

ところが、おこんは店衆の中食が終わっても戻って来なかったのである。

「おこんを訪ねて女ごが来たんだって？」

お葉が食後の茶を淹れながら、ちらとおはまを窺う。

「ええ、おそらく、娘のおみえじゃないかと……」

おはまがそう言うと、お葉は鳩が豆鉄砲《まめでっぽう》を食ったように目を丸くした。

「おみえって、茂原《もばら》の？　おこんがやるつもりで置いてきた三両に、あとから借用書を送りつけてきた、あのおみえかえ？」

「ええ、おこんさんのあの慌てぶりを見たら、そうとしか考えられませんからね」

「けど、名前を名乗らなかったんだろう？」

「そりゃそうなんですけどね。けど、間違いありません。おこんさんが出て行って、もう一刻《いっとき》（二時間）は経つんですよ。きっと、どこかで話し込んでいるのに違いありませんよ」

「娘が訪ねて来たのなら、ここに連れて来ればいいのにさ……」

「そうもいかないのでしょう。おこんさんに娘がいることを、他の者には言っていませんからね」

「てんごうを！　他の者に知られたっていいじゃないか。おこんは父《てて》なし子を産んだことで父親《ておや》から久離《きゅうり》（勘当）され、女ごの細腕ひとつでは病に罹《かか》った娘の薬料を払うこともできず、泣く泣く里子に出したんだ……。誰からも責められることじゃない！　だって、そうでもしなきゃ、おみえって娘の生命《いのち》の保証がなかったんだからさ……。あれから十九年、おこんはやっとの思いで娘《こ》の居場所を捜《さが》し当てたんだ。ところが、娘の前ですまなかったと土下座して謝っても、娘は今さら名乗り出るなんてふざけるんじゃない、あたしの親は今ここで病に臥《ふ》しているおっかさんだし、死んだおとっつァんなんだ、と激怒したというじゃないか……。そればかりか、おこんが娘のためにと思い、水甕《みずがめ》の横にそっと置いてきた三両の金に対し、まるで当てつけみたいに、わざわざ借用書を送りつけてきたんだよ？　おこんにとって、三両の金を貯めるのがどれだけ大変だったか……。やっぱり、おこんは母親だったんだよ。離れて暮らしていても、娘のことがいつも頭から離れなかったんだからさ……。だから、おこんは誰からも後ろ指を指されることはない。娘がいることを隠す必要もないんだよ！」

「そうなんですけどね……。けど、なにゆえ娘が訪ねて来たのか……。だって、やっとの思いで訪ねて行った母親を追い返すような娘ですよ？　おこんさんにしてみれば、何が目的で訪ねて来たのかが判《わか》らないうちは、女将さんやあたしたちの前に出すわけにはいかないと思ったのではないでしょうか……」

おそらく、おはまの言うとおりなのだろう。

それにしても、おこんはいったいどこに行ってしまったのであろうか……。


「おこんさん、いったいどこに行ってたのさ！」

厨からおちょうの甲張った声が聞こえ、茶の間にいたお葉とおはまは慌てて厨に駆け込んだ。

おこんは水口から厨に入ると、申し訳なさそうに深々と頭を下げた。

「申し訳ありませんでした」

そう言うと背後を振り返り、おみえ、さっ、早く、と娘の腕を摑《つか》み、前へと押し出した。

「娘のおみえです。さっ、早く、おまえも挨拶するんだよ！」

おこんに言われ、おみえは怖ず怖ずと頭を下げた。

日焼けした頬に、じれった結びにした頭にはほつれ毛が……。

どこから見ても国猿《くにざる》（田舎者《いなかもの》）で、そのおどおどとした目の動きが、よりいっそう痛々《いたいた》しげに見せるのだった。

「へえェ……。おこんさんに娘がいたとはね……」

「だったら、早く言ってくれればよかったじゃないか……。もうォ、水臭《みずくさ》いんだからさア！」

おせいやおさとが口々に言う。

「ほらほら、皆、手を止めるんじゃないの！」

おはまが一喝《いっかつ》し、お端女たちは各々《おのおの》の仕事に戻った。

「おこん、とにかく、その娘を連れて茶の間においで」

お葉はそう声をかけると、おはまにも同席するようにと目まじする。

おこんは茶の間に入ると、畳にひれ伏し、詫《わ》びを入れた。

「長いこと厨を空《あ》けてしまい、申し訳ありませんでした。この娘《こ》を見つけたのはいいが立ち話ともいかず、茶店に入って話を聞いていたもので、こんなに遅くなってしまいました……。改めて、紹介します。あたしの娘のおみえです。といっても、先《せん》にもお話ししましたように、あたしはとても胸を張って母と言えないことをこの娘《こ》にしてしまいました。憎まれても仕方がない母親だったのです。ですから、まさかこの娘《こ》がわざわざ訪ねて来てくれるとは夢にも思っていませんでした。けど、与一さんからあたしを訪ねて来た女ごの風体《ふうてい》を聞き、おみえに違いないと……。だとすれば、あたしを恨んでいるはずのおみえが訪ねて来るとは、これはよほど大変なことが起きたからに違いない……。そう思うと、居ても立ってもいられなくなり、勝手だと知りながらも表に飛び出してしまいました。申し訳ありませんでした。どうか、お許し下さいませ」

「そんなことは気にしなくていいよ。けど、見つかって良かったじゃないか！　さっ、お茶をお上がり。おみえさんとやら、そんなに堅《かた》くなることはないんだよ。おこんはね、うちの息子清太郎が赤児《やや》の頃から子守を務めてくれていてね。家族も同然なんだよ。そのおこんの娘というのだもの、おまえも我が家の一員……。そう思って、気を楽にしておくれでないかえ」

お葉がおみえに茶を勧《すす》め、菓子鉢《かしばち》の蓋《ふた》を開ける。

「翁煎餅《おきなせんべい》だよ。お上がり！」

そう言うと、遠慮するおみえの手に煎餅を握らせる。

「で、おみえちゃん、どこにいたんだえ？」

お葉がおこんを瞠める。

「この娘《こ》が江戸に出るのは初めてですからね。とても一人であちこちと動けるわけがないと思い、八幡宮付近を捜してみたんですよ。案の定、鳥居の傍で茫然《ぼうぜん》と佇《たたず》んでいましてね。それで、門仲《もんなか》（門前仲町）の茶店に連れてったんですよ」

おこんはそう言うと、長患いの床についていた養母が亡くなり、独《ひと》りっきりになってしまったおみえが今後の身の振り方について思い倦ね、それで自分を訪ねて来てくれたのだと説明した。

四歳の時に里子に出されたおみえは、船橋《ふなばし》の履物商《はきものしよう》の家に貰われていったが、十年前に見世が身代限《しんだいかぎ》りとなり、養父母と共に上総《かずさ》の茂原に移り、百姓をして立行《たちいき》してきたという。

ところが、養父は茂原に移って間もなく亡くなり、養母もまた病の床に……。

それで、若い身空《みそら》で形振《なりふ》り構わず、おみえが小作仕事をしてなんとか生活《たつき》をしていたのだった。

おこんはおみえを里子に出す際、間に入った村役から、一旦手放したが最後、二度と我が娘に逢おうと思ってはならない、娘が一日も早く里親に馴染《なじ》み、幸せに暮らしてくれることを願うのは構わないが、できるものなら子を産んだことを忘れてしまうほうが賢明だと諭《さと》されていたので、おみえがそんな暮らしぶりをしているとは露《つゆ》ほども思わなかったのである。

が、清太郎の世話をしているうちに、無性《むしょう》に娘のことが気になってならなくなった。

無事に育ってくれたのだろうか、手放したときが四歳だったから、現在《いま》は二十三……。

今頃は所帯を持って、亭主や子に囲まれて暮らしているのだろうか、いや、もしかすると、とっくの昔に亡《し》くなったのであろうか、生きていたとしても、決して幸せとは言えない暮らしを強いられているのではなかろうか……。

おこんは気が気ではなく、せめて無事かどうかだけでも確かめたくなり、この正月明けの藪入《やぶい》りを利用して、久方ぶりに故郷の下総猫実村《ねこざねむら》を訪ねた。

すると、当時は口が裂けても里親の名は明かせないと言っていた村役が、あれから二十年近くも経っているためか、母親の名乗りをあげないのであればと、おみえが船橋の履物商に貰われていったことを教えてくれたのである。

おこんは船橋から茂原へと消息を辿《たど》り、そこで、おみえが病の養母を抱え、貧苦に喘《あえ》ぐ姿を目《ま》の当たりにしたのだった。

遠目に娘の姿を眺《なが》めるだけで、決して母親の名乗りをあげないつもりでいたおこんだが、現実を目の当たりにしてしまうと名乗らずにはいられなかった。

そうでもしないと、おみえに金を渡してやることができないと思ったからである。

だが、おみえは、土下座して里子に出したことを謝るおこんを許そうとはしなかった。

自分の親は今ここで病に臥しているおっかさんだし、死んだおとっつァんなんだ、現在《いま》でこそこんな暮らしをしているが、船橋にいた頃は双親《ふたおや》に可愛がられてどんなに幸せだったか、と言い、おこんを追い返してしまったのである。

おこんは我が娘に教えられたような気がした。

どんなに貧しくとも、苦しくとも、決して我が子を手放してはいけなかったのである。

おみえはまだ二十三だというのに襤褸《ぼろ》を継ぎ接いだ素綺羅《そきら》（粗末な衣服）を纏い、夜の目も寝ずに働き病の養母を護《まも》ろうとしているというのに、自分はどうだろう……。

貧苦の中、女手ひとつで娘を育てる自信がなく、村役に説得されるままにおみえを手放してしまったのであるから、とても褒められたものではない。

おこんは喉元《のどもと》に刃《やいば》を突きつけられたように思った。

それで、おこんはおみえに気づかれないように、水甕の横に懐紙《かいし》で包んだ金三両をそっと置いてきたのである。

薬料や費《つい》えの足《た》しにしてほしいと思った。

それゆえ、おこんは貸したのではなく、やったつもりでいたのである。

ところが、おみえはあたかも当てつけるかのように、わざわざ借用書を送ってきたのだった。

まさか、おみえが借用書を送ってくるとは……。

おこんは愕然《がくぜん》とした。

とはいえ、金が欲しくないのなら金飛脚《かねびきやく》を使って返せばよいものを、借用書を送ってきたということは、どうあれ現在《いま》は金を必要とし、それではあまりにも悔《くや》しいので、借りたという形を取りたかったのではなかろうか……。

あのとき、お葉はおこんが衝撃を受けたのを気遣《きづか》い、こう言った。

「おこん、娘が借りてくれただけでも、嬉しいじゃないか！　突き返されてたら、おまえ、もっと哀しまなきゃならないんだよ」

「これからも、時々、送ってやるといいよ。その都度《つど》、こうして借用書を送ってくるかもしれないが、そうこうするうちに溝《みぞ》も埋まっていき、いつの日にか、おまえを頼って訪ねて来るかもしれないじゃないか……」

あれから八月《やつき》……。

まさかこんなに早く、おみえが母親を頼って訪ねて来てくれるとは……。

おこんの話を聞きながら、お葉の胸がじわじわと熱いもので包まれていった。

おはまの目も涙で潤《うる》んでいる。

おはまは、良かったね、おこんさん！　と言いかけ、慌ててぐっと言葉を呑み込んだ。

おみえの義母《はは》が亡くなったというのに、良かったはないだろう……。

「それで、おっかさんの野辺送《のべおく》りは滞《とどこお》りなく済ませたのかえ？」

お葉がおみえを瞠める。

「はい」

おみえは恥ずかしそうに目を伏せた。

「この女《ひと》が、いえ、おっかさんが以前貸してくれたお金が残っていたんで……」

「おみえったら、またそんなことを言って……。あの金は貸したのではなく、あげたんだからね。母娘《おやこ》の間で、貸し借りもないだろうに……」

おこんはつと眉根を寄せたが、改まったようにお葉に目を据《す》えた。

「それでね、女将さん。この娘《こ》、正真正銘、独りっきりになっちまったんですよ。それで、今度はあたしがこの娘を護ってやる番だと思いましてね……。いえね、最初《はじめ》は女将さんにお願いして、おみえをここに引き取ってやれないだろうかと頭を下げるつもりでいたんですよ。けど、この娘《こ》、江戸に出るのはどうしても嫌だと……」

「江戸に出るのが嫌だって？　なんでだえ？　ここに来ると、おっかさんと二六時《にろくじ》中《ちゅう》一緒にいられるんだよ？　失ったおっかさんとの十九年を取り戻す絶好の機会だというのにさ……。それにほら、ここにはおちょうやおさと、おつなという、さしておまえと歳の違わない女衆もいるし、すぐに皆と仲良くなれると思うんだが……」

お葉が怪訝な顔をする。

「それが、娘時代の多感な年頃を、ずっと茂原で田舎暮らしをしていましたでしょう？　とても、江戸の空気には馴染めないと……。おみえもね、最初《はじめ》はあたしと一緒に江戸で暮らす覚悟をしていたみたいなんですよ。ところが、いざ江戸に着いてみると、生き馬の目を抜くような江戸の雰囲気に圧倒されて、顫《ふる》えが止まらなくなったというんですよ」

「なに、そんなもの、すぐに慣れちまうさ！　おさとやおつなだって、国許《くにもと》から出て来たばかりの頃はそうだったんだもの……」

おはまが後生楽《ごしょうらく》な言い方をすると、おみえは、違う！　違うんだ、と大仰《おおぎょう》に首を振った。

「確かに江戸はおっかないけど、それより、あたし、ここに来て改めて茂原が好きで好きで堪らないことに気がついたの……。あたし、畑仕事を続けたい！　皆は辛《つら》い仕事だと言うけど、畑を耕《たがや》し作物が実ってくれると、精魂込めたことに応《こた》えてくれたような気がして……。お天道《てんとう》さまの有難さも、こんな町中にいたんじゃ解らない！」

おみえは怒ったような言い方をした。

ああ、つい最近、同じようなことを聞いたことがあるような……。

そう思ったとき、お葉の脳裡《のうり》を、寺嶋村の靖吉の日焼けした顔が掠《かす》めて通った。

靖吉は他人《ひと》に美味《おい》しいと言ってもらえる野菜を作るのが何よりの生き甲斐だと言い、おさとはそんな靖吉の姿勢に惚《ほ》れたのである。

だが、靖吉は男だからまだ解るとしても、水気《みずけ》のある二十三歳のおみえまでがそんなことを言うとは……。

「けど、そんなことを言っても、茂原にはもう誰もいないんだよ？　それに、畑といったって、おまえんちは小作なんだろ？　だったら、自分の勝手にはできないだろうに……」

おはまが仕こなし顔に言う。

「名主はあの畑はおまえたちが開墾《かいこん》したんだから、おまえんちの畑のようなものだと言ってくれてます！」

おみえが、きっと言い返す。

お葉とおはまは太息《ふといき》を吐き、顔を見合わせた。

「どうするえ？」

「さあ、どうしたものでしょうかね……」

すると、おこんが意を決したように顔を上げた。

「女将さん、おはまさん、たった今、決心がつきました。あたしはお暇を頂《いただ》きとうございます」

お葉は、あっと息を呑んだ。

「暇をくれって、ここを辞めるってことかえ？」

「はい。あたしもおみえと一緒に茂原に行き、この娘《こ》に教えてもらいながら百姓をします」

「百姓をするといったって……。おまえは一度も土いじりをしたことがないんだよ？それに、四十路《よそじ》を超えた女ごが、今さら百姓なんて……」

「そうだよ！　第一、おまえさん、野菜作りのことなんて何ひとつ知っちゃいないんだよ……」

「履物商だったおみえの養父母だって、船橋から茂原に移ったばかりの頃は何ひとつ知っちゃいなかったんですよ。ところが、家族が力を合わせて荒れ地を開墾し、現在《いま》ではおみえがその畑を護っているんですもの、あたしにできないことはありません。それに、今度こそ、母娘《おやこ》二人が支え合って生きていけるんです！　大丈夫です、女将さん。決して弱音《よわね》は吐きません。あたしはこれまでの十九年分を取り戻さなきゃならないのですもの……。この娘《こ》のためになら、火の中にだって飛び込みますよ」

どうやら、おこんの決意は固いようである。

おこんは憑《つ》き物でも落ちたかのような顔をして、おみえに微笑《ほほえ》みかけた。

「ねっ、おみえ、それでいいだろう？　おっかさんに百姓仕事を教えてくれるよね？」

おみえが戸惑ったように視線を泳がせる。

「あんたがそれでいいと言うのなら、あたしはそれでも構わないけど……」

「おみえちゃん、おっかさんを摑まえて、あんたはないだろう？　おっかさんと言い直しな！」

お葉の鋭い声が飛ぶ。

「おっかさん……」

おみえは鼠鳴《ねずみな》きするような声で呟いた。

「ああ、それでいい。二度とあんたなんて言い方をするんじゃないよ。さっ、今日がおまえたち母娘《おやこ》の再出発だ！　今後は二人で力を合わせ、支え合っていかなければならないんだからさ……。どうやらおこんの決意は固いようだから、あたしも快く送り出してやろうと思うが、それで、いつ茂原に発《た》つつもりなのかえ？」

おこんはおみえの顔を窺った。

「本当は、すぐにでもと言いたいところですが、今日はもう遅いんで、明朝、出立《しゅったつ》したいと思っています。それで、今宵ひと晩、おみえをあたしの部屋で休ませてやってもいいでしょうか？」

「ああ、それは構わないが、明朝とはまた……」

「今宵のうちに店衆《たなし》の一人一人に挨拶を済ませ、清坊にもちゃんとお別れを告げますんで……」

そう言った途端、おこんの目にわっと涙が溢《あふ》れた。

清太郎が生まれたばかりの頃から子守を務め、お葉が甚三郎の後添《のちぞ》いに入る三年前までは、片時も清太郎の傍を離れなかったおこんである。

おこんは頑是《がんぜ》ない清太郎が駄々《だだ》を捏《こ》ねれば宥《なだ》めたりあやしたり、風邪を引いて熱を出せば夜の目も寝ずに看病し、這《は》えば立て、立てば歩《あゆ》めの親心で、清太郎の成長を見守ってきたのである。

おこんは腹を痛めた娘を四歳で手放しているだけに、清太郎の成長に我が娘の成長を重ね合わせていたのかもしれない。

清太郎もお葉が義母《はは》として日々堂に入るまでは、おこんのことを実の母のように慕《した》ってきたのだった。

その清太郎も、今や九歳……。

この頃うち、家にいるより手習指南に行ったり友達と遊ぶことのほうが多く、以前のように纏わりつかなくなったというものの、相も変わらずおこんの清太郎を見る目は母の眼差《まなざ》し……。

どうやら、おこんの胸に、清太郎との思い出が走馬燈《そうまとう》のように過ぎっていったようである。

おこんの目に溢れた涙が、つっと頬を伝い落ちる。

おこんは、ふふっと寂《さみ》しそうに笑った。

「そろそろ、あたしも子離れするときが来たようです。けども、清坊には数え切れないほどの思い出を頂きました。日々堂にいさせてもらった九年……。あたしにとって、これほど幸せなときはありませんでした。有難うございます」

おこんは涙を拭うと、頭を下げた。


朝餉《あさげ》を終えて、厨で片づけを済ませてきたおこんは、お葉と正蔵の前で深々と辞儀をした。

「長い間お世話になりました。これまでの恩は決して忘れません。今後は茂原にて、生まれ変わったつもりで娘と共に百姓仕事に励みます。どうか、女将さん、宰領、おはまさん、戸田さま、そして清太郎ぼっちゃん、お元気で……」

お葉から順に視線を合わせていったおこんの目が、清太郎の前で止まる。

その刹那《せつな》、おこんの目に涙が衝《つ》き上げてきて、言葉が続かない。

おこんは帯に挟んだ手拭を抜き取ると、顔を覆《おお》い、肩を顫わせた。

清太郎が立ち上がり、おこんの傍に寄って行く。

そうして、おこんの背後から肩に手を廻し、負《お》ぶさるような恰好で耳許に囁いた。

「おこん、また戻って来てくれるよね？」

おこんが手拭を顔に当てたまま、辛そうに首を振る。

「清太郎、何度言ったら解るんだえ？　おこんはこれまで清太郎の傍にいて、おっかさんみたいに世話をしてくれてたけど、永年逢いたくても逢えなかった娘にやっと逢えたんだ……。これからは、おみえちゃんの支えになってやらなきゃならないんだからさ……」

「だったら、この姉ちゃんと一緒にここにいればいいじゃねえか！」

「清坊、無茶を言うもんじゃねえ！　おこんとおみえちゃんはよ、これからは美味《うめ》ェ野菜や米を作らなきゃならねえんだからよ。お百姓さんがいねえと、俺たちゃ、お飯《まんま》の食い上げだ！　それじゃ困るだろ？」

「おいら、困らねえ！　魚を食うからいいもん！」

「また、そんな唐人《とうじん》の寝言《ねごと》を！　いいんだよ、おこん。清太郎はおまえと別れたくないもんだから、あんなことを言ってるだけなんだからさ……。さっ、清太郎、こっちにおいで！」

お葉が甲張った声で言うと、清太郎は半べそをかき、渋々《しぶしぶ》と龍之介の隣に坐った。

「どうしてェ、おめえ、九歳だろうが！　九歳にもなって、女々《めめ》しい恰好をするもんじゃねえ！」

龍之介にひょうらかされ、清太郎がムッとする。

「おいら、女々しくなんかねえもん！」

「おう、そうか！　なら、それでいい」

お葉は長火鉢の引出《ひきだし》から懐紙に包んだ金子《きんす》を取り出すと、おこんの手に握らせた。

「これは……」

「餞別《せんべつ》だよ。これまでおまえには本当によく尽くしてもらったからね……。これはほんの気持だ。だが、困ったことがあれば、遠慮せずになんでも言ってくるんだよ。あたしたちはこれからも、おまえのことを家族だと思っているんだからね。なに、茂原なんて目と鼻の先だ。おまえもおみえちゃんもここに来たいと思ったら、いつ来たって構わないんだからね！」

「有難うございます。こんなによくしてもらえて、あたしは本当に果報者です」

「さっ、そろそろ出立したほうがいいよ。木更津《きさらづ》までは舟で行くとしても、そこから茂原まではまだだいぶあるからさ」

「船着場まで送ってやればいいんだろうが、そうもいかなくてね。ごめんよ」

お葉とおはまがそう言うと、滅相もない、とおこんは手を振った。

「じゃ、これでお別れだ。おこん、おみえちゃん、息災で暮らすんだよ。さっ、皆、表まで見送って行こうじゃないか。清太郎、何してるんだえ。さっ、行こうよ！」

お葉が清太郎を促《うなが》す。

が、清太郎は不貞《ふて》たように、そっぽを向いた。

「なんだえ、この子は……」

「いいから、放っときな！」

大人たちがぶつくさ呟きながら、表に出て行く。

清太郎は、しまった……、と思ったが、もう遅い。

今さらあとを追いかけるのは、いかに言ってもみっともない。

清太郎は胡座《あぐら》をかいたまま腕を組み、衝き上げてくる、怒りとも哀しみともつかない想いと闘った。

おこんの胸に縋って泣きながら眠った夜や、子守唄を歌う少し掠れた声、着物から漂ってくるおこんの匂《にお》い……、それらが怒濤《どとう》のごとく頭の中を駆け巡《めぐ》る。

おこん……。

行っちゃ嫌だ……。

おいらにはおっかさんが出来たけど、おこんもおいらにとってはおっかさんなんだ。

清太郎の頰を後から後から涙が伝う。

そんな清太郎を、猫のシマが不思議そうに瞠めている。

「シマ……」

「ミャア！」

清太郎はシマを抱き上げると、ギュッと抱き締めた。

「シマ、おまえはもうどこにも行くんじゃねえ……」

そう言い、再び、ギュッと……。

「ギャア！」

シマが悲鳴を上げ、清太郎の腕を擦り抜ける。

どうやら、清太郎はシマが強く抱き締められるのを嫌うことを、まだ解っていないようである。

「なんだよ、シマまで……」

清太郎は堪《こら》え切れずに、ワッと畳に突っ伏した。

そこに、見送りを済ませたお葉が戻って来た。

「おや、清太郎、どうしちまった？」

お葉が驚いて清太郎の傍に駆け寄る。

「どうしたえ……。嫌だよ、乾反寝《ひぞりね》（不貞寝《ふてね》）なんかしちゃって。さあ、起きな！

手習指南に行かなきゃなんないんだからさ」

お葉が清太郎を抱《かか》え起こそうとする。

すると、清太郎がお葉の身体にしがみついてきた。

そうして、懐《ふところ》の中に顔を埋《うず》めると、背中を顫わせ続ける。

お葉が清太郎の背を擦《さす》ってやる。

「清太郎、おまえ……」

お葉の胸に熱いものが込み上げてきた。

本当は、おこんの胸にしがみつきたかったのであろうに……。

が、清太郎は龍之介から女々しいと言われてなるものかと、懸命にその想いと闘ったのであろう。

清太郎、ああいいともさ！

おっかさんがその想いを受け止めてやるからさ……。

生後間なしに母お咲を亡くした清太郎には、おこんは母以外の何ものでもなかったのだ。

その母との別れがどんなに辛いものか、十歳のときに母に捨てられ、父に自裁された お葉には、痛いほどに解るのだった。

「おっかさん……、おっかさん……」

清太郎がお葉の胸の中で呟く。

「大丈夫だよ、清太郎。おっかさんがついている。ずっとおまえと一緒だからね……」

清太郎が、うんうんと頷く。

お葉の頬を、ゆるゆると生温《なまぬる》いものが伝い下りた。

そして、翌日のことである。

お葉が良作を迎えに来た米倉の手代《てだい》に挨拶をして、見世の中に戻ろうとしたとき、八幡橋近くが鼎《かなえ》の沸くような騒がしさとなった。

「暴れ馬だ！」

「危ねえ！　ほれ、皆、逃げろ！」

「キャア！」

「誰か、馬を抑《おさ》える者はいねえのかよ！」

「おっ、見な。真《ま》っ直《す》ぐこっちに向かって来るぜ！」

八幡橋のほうから、蜘蛛《くも》の子を散らすように人々が逃げて来る。

見ると、大八車《だいはちぐるま》を牽《ひ》いたまま、駄馬《だば》が猛《たけ》り狂ったように駆けて来るではないか……。

人々は逃げ惑い、なんとか大八車をやり過ごそうとするのだが、なにしろ菊見の季節とあって常にも増して人出が多く、おまけに今宵は後の月……。

と、そのとき、母親に手を引かれ、通りの反対側に逃げようとした五歳くらいの女の子が、何かに躓《つまず》き、前のめりに突っ伏した。

母親があっと馬へと目をやるが、子供を抱え上げて逃げる余裕《ゆとり》がないと判断するや、子供を庇《かば》うかのように身体の上に被《かぶ》さった。

誰もが息を呑み、色を失った。

が、そのとき、図体の大きな男が母娘《おやこ》の前に飛び出すや、果敢《かかん》にも両手を広げて馬の前に立ちはだかったのである。

がゝ、がんぼ、朝次であった。

なんと無茶なことを……。

誰もがそう思ったに違いない。

お葉もその光景を目にし、口から胃の腑《ふ》が飛び出すのではないかと思ったほど驚愕《きようがく》した。

が、どうしたことか、駄馬が朝次から五尺ほど前で立ち止まると、ヒヒィンと嘶《いなな》き、前脚を高々と上げたのである。

一瞬、辺りが水を打ったように静まった。

誰もが、たった今、目の前で起きたことが信じられないのか茫然としている。

そこに、馬方《うまかた》が息せき切って駆けて来た。

馬方は怪我人《けがにん》がいないことを確かめると、朝次と母娘《おやこ》に平身低頭《へいしんていとう》して詫びを入れた。

「すまねえ……。御船橋《みふねばし》の手前で大砲でも放たれたみてェな物音がしたもんだから、馬が恐慌《きようこう》を来《きた》しちまって……。申し訳ありやせんでした。皆、怪我はなかったかよ?」

「いえ、大丈夫です。この男《ひと》のお陰です。助けて下さり、本当に有難うございます」

母親が娘に怪我がなかったことを確かめると、朝次に礼を言う。

朝次は応えるでもなく、へらへらとした笑みを見せると、投げ出した竹帚《たけぼうき》を拾い、日々堂の中に入って行った。

「朝次、おまえはなんて勇気があるんだえ！　あたしゃ、感心したよ」

擦れ違いざま、お葉はそう声をかけたのであるが、朝次は何を褒められたのか解らないようで、にこりともしなかった。

馬方がお葉の傍にやって来る。

「今のは、こちらの店衆で？　改めてお詫びに参りやすんで、今日のところは勘弁して下せえ……」

馬方はそう言い、これから三間町の天満堂まで荷を運ばなければならないので、と頭を下げた。

天満堂は、使い物にならないと、朝次が暇を出された見世である。

天満堂がこのことを聞いたらどう思うだろうか……。

お葉の脳裡をそんな意地の悪い想いがちらと過ぎったが、口に出すことはなかった。

日々堂の店衆の間でも、朝次の話題で持ち切りとなった。

「おめえ、怖くなかったのかよ?」

「馬に撥《は》ねられていたかもしれねえのによ。命知らずたァ、このことよ!」

「まさか、おめえ、馬が停まってくれると判ってたんじゃあるめえな?」

「そんなことがこいつに判るわけがねえ! それとも、ががんぼには馬の気持が解るってか?」

「けどよ、あんなことができるんじゃ、朝次のことをもうががんぼと呼べねえよな?」

「なに、両手を広げて立ちはだかっただけじゃねえか!」

「だったら、おめえにそれができるかよ?」

「てんごうを……。そんなことができるわけがねえ!」

町小使や小僧たちが竿《さお》の先へ鈴をつけたように鳴り立てるのだが、肝心の朝次はまるきり関心がないようで、平気平左衛門《へいきへいざえもん》……。

そのまま裏庭に廻るや、薪割りにかかった。

「朝次の奴、あんなに腹が据わっているとは思いやせんでしたね」

中食を摂りに茶の間に入って来た正蔵が、お葉の顔を見るなりそう言った。

「あたしも驚いたよ」

「あたしら女衆は厨にいたんで、朝次が馬の前に立ちはだかるところを見ていないんだけど、あとで聞いて驚いたのなんのって！　人は見かけによらないものですね……」

箱膳を運んで来たおはまが感心したように言う。

「えっ、何？　何があったの？」

中食を摂りに手習指南所から戻って来た清太郎が、興味津々《しんしん》といった顔をする。

「それがよ、驚くな……」

正蔵は朝次が馬の前に立ちはだかって、転んだ母娘《おやこ》を助けたことを話してやった。

清太郎が目をまじくじさせる。

「へえェ、あのがが……、ううん、朝次さんがそんなことを……。じゃ、これからは、もうがんぼなんて呼ぶ者はいないよね？」

「ああ、がんぼは身体が大きいくせして役立たずで、おまけにいかにも脆《もろ》そうだけど、朝次は勇気があるんだもの。もう誰もそんなふうにひょっくら返しはしないだろうさ」

おはまが味噌汁を装《よそ》いながら言う。

「ところが、皆から褒められても、朝次の奴、けろりとした顔してやがる……」

正蔵が苦笑《にがわら》いをすると、龍之介が首を傾げる。

「俺もその場に居合わせなかったのだが、もしかすると、朝次には自分がやったことの意味が解っていないのかもしれないな……。無意識に身体が動いてしまい、下手《へた》をすれば自分が生命《いのち》を落としていたかもしれないってことをさ……」

お葉にもなぜかしらそのように思えた。

お葉はたまたまその場に居合わせたのだが、人々が騒いでも朝次は我関せずと店先を掃《は》いていた。

が、女の子が転び、母親が悲鳴を上げて少女に覆い被さったのを見るや、絡繰《からく》り仕掛けの人形のように馬の前に飛び出して行ったのである。

朝次の頭の中に、怖いという感覚はなかったように思える。

あれはあくまでも反射的な行動であり、朝次にも何をしているのか解っていなかったのではなかろうか……。

それゆえ、皆から褒められても感心されても、朝次には何を言われているのか解らないのであろう。

「まっ、どっちにしたって、朝次があの母娘《おやこ》を救ったのには違いないんだからさ……。それで、今日の中食に、朝次だけ玉子焼《たまごやき》をつけてやったんですよ。朝次ったたら、それはもう嬉しそうな顔をして、自分だけ食べるのは悪いと思ったのか、隣に坐った昇平や市太に分け与えてるんですからね……。あいつらにがんぼと呼ばれてからかわれていたというのに、人が善いのに呆《あき》れ返っちまいましたよ」

おはまがお葉に目まじしてみせる。

「まっ、そこが朝次の善いところなんだからさ！　そりゃそうと、良作たち、もう品川宿に着いただろうか？」

「米倉の手代の話じゃ、四ツ手（駕籠《かご》）をかって行くと言ってましたから、今頃は品川宿で中食を食べてるんじゃないかしら？　それから海蔵寺にお詣りして、夕刻、旅籠に入るのでしょうね」

おはまがそう言い、清太郎の顔をちらと流し見る。

「清坊、羨ましそうな顔をするんじゃないの！　今宵は、おばちゃんが月見弁当を作ってあげるからさ……。おっかさんや戸田さまと一緒に、洲崎弁天で月を愛でながら食べるといいよ」

「えっ、ほんとう？　ヤッタ！」

清太郎が嬉しそうに拳《こぶし》を天井《てんじょう》に突き上げる。

「おっ、いいな！　おはま、俺には弁当はねえのかよ」

正蔵が物欲しそうな顔をしておはまを見る。

「おまえさんも行くのかえ？　なんだえ、いい大人が……」

「何言ってやがる！　女将さんだって戸田さまだって、大人じゃねえか……」

「あい解りました。呑込山《のみこみやま》の寒烏《かんがらす》。作ればいいんでしょ、作れば！」

おはまのその言い方が可笑《おか》しかったのか、ワッと笑いの渦が起こる。

お葉は茶の間を見廻し、やれと安堵《あんど》の息を吐いた。

やっと清太郎もおこんがいなくなった寂しさから脱却し、心に折り合いをつけたようである。

今頃は、おこんとおみえも茂原で母娘《おやこ》二人の暮らしを始めているに違いない。

すると、あの二人も茂原で後の月を愛でるのであろうか……。

茂原で愛でる月は、どんな月なのであろう……。

おそらく、あの二人には、品の月よりも洲崎の月よりも、茂原の月が一等美しく見えることだろう。

母と娘で愛でる月。

これほど、胸に沁《し》みる月はないのであるから……。

菊の露

戸田龍之介が稽古《けいこ》を終えて帰り仕度《じたく》をしていると、師範代の田邊朔之助が、師匠がお呼びだ、と知らせに来た。

いったい、なんだろう……。

龍之介が訝《いぶか》しそうな顔をすると、田邊は思わせぶりな笑《え》みを浮かべ、三崎のことだ、と耳許《みみもと》で囁《ささや》いた。

あっと、龍之介が息を呑《の》み、田邊を瞠《みつ》める。

「あいつ、ここ二月《ふたつき》ばかり無断で稽古を休んでいたが、今日、師匠宛《あて》に文《ふみ》が届いたそうでよ……」

「文にはなんと?」

「いや、俺もまだ聞いていない。それをこれから聞きに行くのだ」

田邊はそう言うと、さあ行こうぜ、と龍之介を促《うなが》した。

師匠の川添耕作《こうさく》は書斎で待っていた。

「おお、来たか！」

耕作が待ちかねたとばかりに手招きする。

「実は、三崎から文が届いてな。それを読んで初めて知ったのだが、なんと三崎は、門番同心桜木直右衛門どののご息女登和どのとの縁組が調《ととの》い、重陽《ちようよう》（九月九日）の日、めでたく祝言《しゆうげん》を挙《あ》げたそうな……」

「えっ、三崎が婿《むこ》養子に入ったのですか！」

田邊はよほど驚いたようで、甲張《かんば》った声を上げた。

「それで此《こ》の中《じゆう》、奴は道場に姿を見せなかったのか……。おっ、どうした戸田、そのように平然とした顔をして……。なに？　その様子を見ると、おぬしは知っていたってことか……」

田邊が訝しそうな顔をする。

「ええ、月見の頃でしたか、三崎から聞きましたゆえ……。わたしはてっきり師匠や師範代も知っておられると思っていました。なにゆえ三崎はお二人に報告しなかったのでしょう」

龍之介が首を傾《かし》げる。

「いや、今日、こうして文を届けてきたのだから、一応、報告を受けたことになるのだが、それにしても、なにゆえ前もって知らせてくれなかったのか……」

「そうだぜ！　戸田には前もって知らせたというのに、師匠に事後報告とは、なんたる失敬な！」

田邊は肝《きも》が煎《い》れたように吐き出した。

「田邊、まあよいではないか……。三崎は戸田には話しやすかったのであろう。では訊《き》くが、戸田から見て、この縁組は三崎にとって良縁と思えるか？」

耕作が龍之介に目を据《す》える。

「と申しますと……」

「いや、三崎が道場を辞《や》めると言ってきたのでな……」

「辞める……。文にそう書いてあったのですか！」

「ああ。といっても、理由《わけ》は書かれていなかった。これが何を意味すると思う？」

「…………」

「…………」

龍之介と田邊は顔を見合わせ、首を傾げた。

「三崎が桜木家に婿入りしたと同時に家督を譲《ゆず》られたのだとしたら、門番同心としての務めが忙しく、とても剣術の稽古まで手が廻《まわ》らないというのも解《わか》るが、仮に、桜木家から道場に通うのを止められたのだとすれば、わたしは鬼胎《きたい》を抱《いだ》かずにはいられない……」

耕作の言葉に、龍之介は困《こう》じ果てた。

三崎が桜木家に婿入りすることになった経緯《いきさつ》を、どこまで話してよいのか判《わか》らないのである。

三崎が事前に師匠や師範代に話さなかったのは、それなりに理由があると思ってよいだろう。

それなのに、自分が生利《なまぎき》（知ったかぶり）に話してよいはずがない。

「お待ち下さい。確かに、わたしは三崎から婿入りの話を聞きました。けれども、詳《くわ》しいことは何ひとつ……。いえ、登和どのが想像を絶する美印《びじるし》（美人）で、三崎がぞっこんだということは聞きました。けれども、それ以上のことは知らないのです」

龍之介は、じとりと掌《てのひら》に汗をかいていた。

「ほう、三崎がその女《おな》ごにぞっこんとな……」

「てことは、師匠、三崎は妻女から片時も離れたくなく、それで道場を辞めると言ってきたのかもしれませんよ」

田邊が耕作を瞠める。

「そうであろうか……。それならばよいのだが……。いや、よいはずがない！　男たる者、女ごに現《うつつ》を抜かして剣術を捨てるとは言語道断《ごんごどうだん》！　武士にあるまじきことだからよ」

「ですが師匠、三崎が桜木家に入ってしまった今となっては、これまでのように気軽に呼び出し、真意を質《ただ》すわけにはまいりません。いかが致しましょう」

龍之介がそう言うと、耕作は蕗味噌《ふきみそ》を嘗《な》めたような顔をした。

「かといって、向こうが辞めたいというのを、戻って来るようにとわたしが頭を下げるわけにはいかぬのでな……」

「では師匠、こう致しましょう。なにゆえ三崎が道場を辞めなければならないのか、戸田から三崎に質させましょう」

田邊のその言葉に、龍之介は、あっと田邊に目をやった。

田邊から訊《たず》ねると言うのかと思ったら、つるりとした顔をして、その任を自分に向けてくるとは……。

龍之介は挙措《きよそ》を失った。

「お待ち下さい！　わたしに桜木家を訪ねろと仰《おお》せで？　滅相《めっそう》もない！　そんなこと

がいざ知らず、桜木家とは交流がありません。三崎がこれまでいた御徒組《おかちぐみ》組屋敷というのであればいざ知らず、桜木家とは交流がありません。しかも、わたしは一介《いっかい》の浪人……。いきなり訪ねて行っても、門前払いを食わされるのが関《せき》の山《やま》でしょう」

「ならば、文を出せばよいだろうが！　おぬしは便り屋日々堂で代書を務めているのだ。文を書くのはお手のものではないか」

よくもまあ、ぬけぬけと……。

龍之介は忌々《いまいま》しそうに田邊を睨《にら》みつけた。

「なんだよ、その不服そうな顔は……。そりゃ、俺が文を出してもいいぜ。だが、師匠が自分の口から質しにくいと言われるように、師範代の俺も同様でよ……。その点、戸田なら三崎と親しくしていたことでもあるし、三崎にしても、おぬしにだけは祝言を挙げることを事前に打ち明けたのだからよ。誰が考えても、おぬしが適任と思うだろうさ。なっ、そう思わないか？」

田邊が狡《こす》っ辛《から》そうな目をして龍之介を睨《ね》めつける。

「解りました。では、わたしから文を出してみましょう。ただし、それに対し、三崎がどんな反応を示すかは判断がつきかねますが、それでよろしいでしょうか？」

耕作と田邊は顔を見合わせ、納得したとばかりに頷《うなず》いた。

道場を辞し、六間堀《ろっけんぼり》を南に向けて歩きながらも、三崎小弥太のことが頭から離れなかった。

なにゆえ、三崎は（いや、すでに祝言を挙げ桜木家に入ったのであるから、桜木と呼ばなければならないのだろうが）道場を辞めると言い出したのであろうか……。

三崎の剣術の腕は龍之介や田邊とほぼ互角で、三人は師範代の座を競《きそ》い合ったほどである。

そんな三崎があっさり剣術を捨てるとは……。

龍之介には、どう考えても納得がいかなかった。

が、待てよ……。

三崎は剣の腕を買われ、婿養子の口がかかることを期待して、これまで稽古に励んできたのである。

三崎自身も、俺にはそれしか取り柄《え》がないからよ、と口癖《くちぐせ》のように言っていた……。

とすれば、桜木家に婿養子に入ったことで、その目的は果たされている。

それで三崎は、今さら研鑽《けんさん》を積んでどうなるものかと、あっさり剣術を捨ててしまったのではなかろうか……。

が、まさかよ……。

この俺でさえ、いまさらこんなことをしてどうなるものかと思いつつ、三日にあげず道場に通い、高弟の指導に励んでいるのである。

武家に未練はさらさらないが、剣を捨てるということは、己《おのれ》を全否定するということ……。

その想《おも》いは、おそらく三崎にもあるに違いない。

やはり、何か事情があるとみてよいだろう……。

そんなことを考えていると、目前に北ノ橋を捉《とら》えた。

北ノ橋を渡れば、北森下町……。

つと、龍之介の脳裡《のうり》を、三崎の姉三智の顔が過《よ》ぎった。

三智どのに三崎のことを訊ねてみようか……。

そう思うともう歯止めが利《き》かず、龍之介はとん平へと脚《あし》を向けた。

刻《とき》は七ツ半（午後五時）を廻った頃だろうか……。
四、五人の小揚人夫《こあげにんぷ》たちが、ぞろぞろと暖簾《のれん》を搔《か》き分け、見世《みせ》の中に入って行く。
龍之介は後に続こうとして、暖簾にかけた手を払った。

三智に訊ねたとして、今や桜木家の婿となった弟のことを、はたしてどこまで知っているだろうか……。

やはり、本人に直接質すより手がないのだ……。

龍之介は踵《きびす》を返すと、高橋《たかばし》を目指して歩き始めた。

「あっ、戸田さま、ちょうどよいところに……。たった今、千駄木《せんだぎ》のお屋敷から文が届きましてな」

宰領《さいりょう》の正蔵が龍之介を認め、文を手に帳場から出て来る。

「あっ、すまない……」

「此度《こたび》は兄さんからのようでやすぜ。けど、兄さんが文を下さるとは、何事でしょうかね？」

正蔵が文を差し出し、ちらと龍之介の顔を窺《うかが》う。

「さあて、珍しいことがあるものだ……」

龍之介は適当に調子を合わせてみせたが、正蔵が訝しく思うのも無理はなかった。

これまでは大概《たいがい》、嫂《あによめ》の芙美乃《ふみの》が連絡係を務め、兄の忠兵衛《ちゆうべえ》が自《みずか》ら文を寄越すことはなかったのである。

「鷹匠支配《たかじょうしはい》とあって、さすがに能筆《のうひつ》でございますなあ……」

正蔵が宛名の文字に惚れ惚《ほ》れ《ぼ》とした顔をする。

龍之介は咳《しわぶき》を打つと、おもむろに封書を懐《ふところ》の中に差し込んだ。

途端に、正蔵の顔に失望の色が表れた。

どうやら、龍之介がその場で文を読むのを期待していたとみえる。

が、そうは虎《とら》の皮……。

龍之介は素知らぬ振りをして、茶の間に入った。

茶の間には、お葉の姿はなかった。

龍之介はやれと息を吐《つ》くと、懐から封書を取り出し、文を解《ほど》いた。

案の定、文は芙美乃が無事に赤児《やや》を産んだことを知らせるものだった。

しかも男児……。

忠兵衛の文は、芙美乃は此度は女児を望んでいたようだが、それがしは男児で良かったと思っているとあり、近々、甥《おい》の顔を見に参るようにと結んであった。

茂輝《しげき》に弟が出来たのである。

この年十二歳になる茂輝には、一廻《ひとまわ》り（十二歳）近くも歳《とし》の違う弟となる。

龍之介の胸に、悦《よろこ》びとも困惑ともつかない、不思議な感覚が湧《わ》き起こった。

まだ見ぬ甥に、自分の身の有りつきを重ね合わせてしまったのである。

というのも、兄忠兵衛と龍之介とは七歳の開きがあり、戸田家の次男として生まれた龍之介は、生まれ落ちたときから、他家の婿養子に入るか、冷飯食《ひやめしぐ》いの立場を余儀なくされてきたのだった。

当然、此度生まれた甥も、龍之介と同じ道を歩むことになる。

それを思うと、芙美乃が此度は女児を望んだ気持も解るというもの……。

が、忠兵衛の、男児で良かったという気持も解らなくもない。

戸田家と同じ鷹匠支配の内田家のように、嫡男《ちやくなん》が急死したために、他家に嫁《とつ》ぐはずだった妹の琴乃が急遽《きゆうきよ》婿を取り、跡《あと》を継《つ》がなければならなくなることもあり得《う》るのであるから……。

とはいえ、龍之介には冷飯食いの立場がどんなに辛《つら》いものか解っているだけに、どこかしら、男子誕生めでたしと手放しで悦べないのだった。

「おや、戸田さま、お帰りでしたか」

おはまとおちょうが厨《くりや》から夕餉《ゆうげ》の膳《ぜん》を運んで来る。

龍之介は慌《あわ》てて文を巻き戻すと、袂《たもと》の中に放り込んだ。

「お葉さんは？」

「喜之屋の女将《おかみ》さんの具合が悪いそうで、蛤町まで見舞いに行かれましてね。けど、遅いですね。八ツ（午後二時）頃出掛けられたんで、もう二刻《ふたとき》（四時間）近くになるというのに……」

「清太郎は？」

「それが、女将さんが出掛けようとしたところに清坊が手習指南所から戻って来ましてね。清坊ったら、何を思ってか、一緒に行くと言いましてね……」

おはまがそう言ったとき、廊下を駆ける足音がして清太郎が茶の間に飛び込んで来た。

「これ、清太郎、廊下を走っちゃ駄目だと何度言ったら解るんだえ！」

お葉がそう鳴り立てながら後に続く。

「ごめんごめん、すっかり遅くなっちまって……。おや、戸田さまもお帰りでしたか」

「それで、喜之屋の女将さんの按配《あんばい》はいかがでしたか？」

おはまが配膳しながら、心配そうに訊ねる。

「知らせに来た半玉《はんぎょく》の市松《いちまつ》が、今にもおかあさんが息を引き取りそうだなんて言うもんだから肝を冷やしちまったが、あたしが行ったときには保ち直《も》していてね。立軒さまもまだしばらくは大丈夫だろうって……。それで、喜之屋を福助姐《ふくすけねえ》さんに譲る手はずや何やかやの相談に乗っていたもんだから、こんなに遅くなっちまったんだよ」

お葉が脱いだ羽織《はおり》を畳《たた》みながら言う。

「女将さん、喜之屋を譲られるんですか？」

「ああ、以前からその話は出ていたんだよ。喜之屋のおかあさんには子がいないし、跡を継ぐとしたら福助姐さんしかいないからね」

「女将さんが芸者をやめていなさらなかったら、きっと、喜之屋の女将さんは喜久治に跡を継がせたいと言いなすったでしょうにね」

「てんごうを！　あたしは甚三郎の女房になることが、いっち、幸せだったんだからさ……。それに、喜之屋どころか、現在《いま》のあたしには日々堂があるんだ。大勢の家族に囲まれて、これほど幸せなことはないんだからさ！」

「それに、おいらもいるしね！」

すかさず、清太郎が茶《ちゃ》（茶々）を入れる。

「ああ、そうだよ！　こんなに可愛《かわい》い息子がいるんだもの、深川中探したって、あたしみたいな果報者はいないだろうさ。さっ、清太郎、手を洗っておいで！」

おはまとおちょうが厨に戻り、残りの膳を運んで来る。

そこに見世から正蔵も戻って来て、夕餉となった。

「粕汁《かすじる》とは嬉《うれ》しいじゃないか！」

お葉が塩鮭《しおざけ》や大根《だいこん》、人参《にんじん》、牛蒡《ごぼう》、椎茸《しいたけ》、蒟蒻《こんにゃく》、油揚《あぶらあげ》、根深葱《ねぶかねぎ》と具沢山《ぐだくさん》の粕汁を手に、満悦したように頰《ほお》を弛《ゆる》める。

「朝夕、うそ寒くなりましたからね」

「けど、おはま、お菜《さい》が粕汁と鹿尾菜《ひじき》の煮付《につけ》だけとは、ちと少ねえんじゃねえか？　しかもよ、粕汁はお菜というより汁物だぜ。おめえ、手抜きをしやがったな！」

正蔵が、じろりとおはまを流し見る。

「何言ってんだえ！　粕汁の中に塩鮭や野菜がいっぱい入ってるだろ？　これはもう立派なお菜だからね。それに、お代わりをしたければ、まだいくらでもあるんだ。今宵《こよい》はたっぷりと作ってあるんだからさ」

おはまが負けじと言い返す。

「そうだよ、正蔵。この鹿尾菜だって、鶏肉《とりにく》や油揚、人参、椎茸、蒟蒻と具沢山なんだからさ。これで文句を言ったら罰《ばち》が当たるってもんだよ。それに、糠味噌《ぬかみそ》のなんと美味《うま》いこと！　なんせ、日々堂が出来た頃から、おはまが護《まも》ってきた糠床《ぬかどこ》だからさ

「……」

お葉に言われ、正蔵はそれ以上返す言葉を失ったのか、龍之介へと矛先《ほこさき》を向けた。

「それで、千駄木の兄さんはなんと言ってこられやしたんで？」

「千駄木の兄さんって……。えっ、いったいなんのことなのさ！」

お葉が目をまじくじさせる。

「それが、今日、戸田さまに文が届きやしてね。いつもは嫂の芙美乃さまっていいやしたかね？ そう、その芙美乃さまから届くんだが、此度は兄さんから直接とは、いってえ何があったんだろうかと思いやして……。まさか、芙美乃さまが病《やまい》の床に就《つ》かれたとか、そんなことではねえんでしょ？」

正蔵が気遣《きづか》わしそうに龍之介を窺う。

「いえ、むしろその逆で、めでたきことでして……。義姉上《あねうえ》が第二子をお産みになりましてね。それも男児を……」

龍之介の言葉に、茶の間にいた全員の目がぱっと輝く。

「まあ、それは……」

「男の子とは、そいつァ、めでてェ！」

「戸田さま、ようござんしたね。では、戸田さまにはこれで甥が二人ってことになるんだね？」

「戸田さま、早速《さっそく》、祝いに駆けつけないと！　そうだ、日々堂からも何か祝いを託《ことづ》けなくっちゃ……。おはま、何がいいだろうね？」

「さあ……。我々下々《しもじも》の者なら、通常、産着《うぶぎ》や活鯛《いきだい》、昆布《こんぶ》、米、酒といったものを祝いますけど、お武家のことはよく判りませんね。戸田さま、お武家ではどんな物を贈るのでしょうね？」

おはまが龍之介に訊ねると、龍之介は困じ果てたような顔をした。

「さあ……。俺もそのあたりのことには疎《うと》いのでな。今、茂輝のときにはどうだったのかと考えていたのだが、何も憶《おぼ》えていないのでよ……。けれども、どうかお気遣い下さいますな」

「そうはいかないさ。戸田さまが肩身の狭《せま》い想いをしなくていいように、戸田さまを預かっているあたしらが気を配るのは当然なんだ。そうだ！　やっぱ、鯛にしよう！　それも、こんな大《お》っきな鯛をさ」

お葉が肩の幅に手を広げてみせる。

「じゃ、早速、出入りの魚屋に頼んでおきましょう……。それで、戸田さまはいつ千駄木に行かれるつもりなんですか？　それに合わせて、鯛を届けるようにと魚屋に言っておきますんで……」

おはまが龍之介を窺う。

お葉は、おやっと思った。

龍之介がもうひとつ嬉しそうでないのである。

「莫迦《ばか》だね、おはま！　戸田さまに鮮魚箱を運ばせようっていうのかえ？　戸田さまにそんなみっともないことをさせられるわけがないじゃないか……。魚屋に届けさせるんだよ。魚屋が千駄木まで運ぶのに難色を示すようなら、佐之助を走らせたっていいんだからさ。お陰さまで、うちには脚の速い男衆《おとこし》がいくらでもいる……。これを使わないって手はないからさ！」

「あっ、そうですね。じゃ、明日にでも魚屋に活きのよい鯛を持って来させますよ」

「てことだから、戸田さまはいつでもお好きなときにお出掛け下さいな。あっ、そうそう、皆に報告しとかなきゃ……。喜之屋で立軒さまに逢《あ》ったものだから、敬吾さんはその後どうしているのか訊いてみたのさ。そしたら、なんと、立軒さまが相好《そうごう》を崩《くず》して、あのように聡明《そうめい》な子は見たことがない、一を聞いて十を知るとはあのことで、先々が愉《たの》しみでならないと、そう言われるのさ！」

お葉が龍之介の気分を変えようと、わざと明るい口調で言う。

「ほう、添島さまがそんなことを……」

「ああ、良かった！　いえね、あたしも敬吾さんがその後どうしているのか気にしていたんですよ。でも、添島さまがそんなふうに太鼓判《たいこばん》を押して下さるんじゃ、もう案じることはないんですよね！」

正蔵とおはまが安堵《あんど》したように顔を見合わせる。

龍之介も嬉しそうに目を細めた。

「早速、石鍋に耳打ちしておこう。あいつ、手放したからには敬吾にもう関心がないといった顔をしているが、内心は足手纏《あしでまと》いになっていないだろうか、医者としてものになるのだろうかと、気が気ではないことが手に取るように伝わってくるのでな。立軒さまの言葉を聞くと、胸を撫《な》で下ろすに違いない……」

お葉もほっと安堵の息を吐《つ》いた。

龍之介の胸に何が暝《くら》い影を落としているのかは判らないが、明るい話題でいくらかでも和《なご》んでくれれば……。

お葉はそんなふうに思ったのである。

この前、龍之介が千駄木を訪れたのが桜の咲く頃……。

あれから半年、現在《いま》ではもうすっかり辺りは秋色一色に染まっていた。浅草花川戸《あさくさはなかわど》で舟から降りて上野《うえの》へと歩く道々、色づいた柿《かき》や名もなき草紅葉《くさもみじ》がさわさわと風に揺《ゆ》れていた。

忠兵衛の文を読み、つと龍之介の胸を過ぎった危惧《きぐ》の念は、現在《いま》ではあとかたもなく消えていた。

武家の次男坊に生まれたからといって、誰もが龍之介と同じ道を辿《たど》るわけではないのである。

莫迦なことよ……。

俺の場合は、運命の悪戯《いたずら》が少しばかり過ぎたというだけなのに……。

現在《いま》でも、龍之介は死んだ子の歳を数えるかのように、もしも琴乃の兄内田威一郎が急逝《きゆうせい》しなかったならば、亡くなるにしてもその時期がもう少し早まっていたならば、琴乃に自分のことを諦《あきら》めさせようと戸田の家から出ることはなかったのに……、と考えることがある。

あのまま龍之介が戸田の家に残っていたならば、琴乃と自分が相思《そうし》の仲と知っていた義母《はは》夏希は、おそらく、龍之介はすでに他の女ごと所帯を持っていると嘘《うそ》を吐いてまで、我が子哲之助を内田家の婿養子にと画策《かくさく》しなかったであろう……。

そんなふうに思うと、あまりの運命の悪戯を恨《うら》みたくなってしまうのだった。

が、ことはすでに起きてしまい、後戻りしようにもできない。

その結果、琴乃ばかりか哲之助までを苦しめることになったとは……。

とはいえ、世の次男坊や三男坊の皆が皆、龍之介と同じ宿命《さだめ》であるわけがない。

請《こ》われて他家に婿養子に入り、着実に前へと突き進んでいる者が数多《あまた》といるのである。

そう思うと、甥の先行きを懸念《けねん》したことまでが莫迦莫迦しく思えてきて、龍之介の胸は軽くなったのだった。

鷹匠屋敷に着いて訪《おとな》いを入れると、応対に出た婢《はしため》の久米《くめ》が、満面に笑みを湛《たた》え囁いた。

「龍之介さまが今日お見えになると判っていましたよ！」

どうやら、すでに日々堂から祝いの活鯛が届いているとみえる。

「おっ、日々堂から祝いが届いたのか？」

「ええ四ツ（午前十時）頃でしたかね。それは見事な鯛で……。わたくし、魚屋が届けてきたのかと思いましたら、まあ、日々堂の町小使《まちこづかい》（飛脚《ひきゃく》）だと言うではありませんか……。それで、日々堂では文だけでなく、魚の配達もなさるのですかと訊ねますと、今日は特別ですって……」

久米は、くくっと肩を顫《ふる》わせた。

おそらく佐之助が届けてきたのであろう。

「それで、あとから龍之介さまがお見えになることを知ったのですよ。幸い、今日は旦那《だんな》さまが非番で屋敷におられてようございました……。さっ、座敷にどうぞ！　旦那さまがお待ち兼ねにございます」

久米に導かれて奥座敷に行くと、忠兵衛は書物に目を通していた。

「おっ、来たか！」

忠兵衛は書物から目を上げ、はち切れんばかりの笑みを見せた。

龍之介は忠兵衛の前まで進むと、威儀を正し、深々と頭を下げた。

「男子誕生、まことに祝着至極《しゅうちゃくしごく》にございます」

「ああ、忝《かたじけな》い」

「義姉上《あねうえ》も赤児《やや》も共に息災とのこと、何よりにございます」

そう言い、龍之介は長押《なげし》に目をやった。

命名　光輝《みつき》……。

「光輝と名づけられたのですね」

「ああ。茂輝の場合は茂り光り輝くという意味でつけたが、光輝は次男だ。いずれ他家に養子に出る立場とあれば、どこに出ても光り輝けという願いを込めてな……」

ああ……、と龍之介の胸が熱くなった。

やはり、忠兵衛も龍之介と同じことを考えていたのである。

龍之介は頷いた。

「よい名です。きっと、光輝は存分に光を浴《あ》びて、どこに出ても輝く存在となるでしょう。それで、義姉上《あねうえ》と光輝は、現在《いま》どこに？　ひと言、祝いを申しとうございます」

「ああ、芙美乃にも今日そなたが来ることを伝えてあるので、おそらく首を長くして待っているだろうて……」

忠兵衛が立ち上がる。

が、寝所《しんじょ》に案内しようとして、忠兵衛はふと龍之介を振り返り、

「今朝、日々堂からそれは見事な鯛が届いたそうな……。龍之介、今宵は泊まってい け！ 内田のことで、ちと相談したきことがあるゆえ、一献《いっこん》傾けようではないか」

と目まじした。

内田のこと……。

龍之介の胸がきやりと揺れた。

が、龍之介は畏《かしこ》まりましたと答えると、忠兵衛の後に従い、芙美乃の寝所へと行った。

芙美乃は赤児《やや》に乳を含ませていたが、忠兵衛と龍之介の姿を認めると赤児《やや》を婢に託し、胸前を合わせた。

「まあ、龍之介さま……」

「此度は男子誕生、まことに祝着至極にございます」

「有難《ありがと》うございます。さっ、光輝の顔を見てやって下さいませ！」

芙美乃が龍之介に赤児《やや》を見せるようにと、婢を促す。

龍之介には初顔《はつがお》の、二十歳《はたち》そこそこの婢が赤児《やや》を抱いて寄って来る。

「おお、これは……。どこかしら、茂輝が生まれたての頃に似ているではありませんか！」

「そうでしょうか……。わたくしには茂輝は旦那さま似で、どちらかといえば、この子は龍之介さまに似ているように思えてなりません。ほら、鼻筋の通ったところなんて、そっくりではありませんか……」

「滅相もない！　義姉上《あねうえ》、ご冗談を……。光輝がわたしに似ていたら、先行きが思い遣《や》られますぞ！　なんといっても、この子は光り輝く子なのだから、わたしなんぞに似てはならないのです……。それに、子供の顔は成長と共に変わると言いますからね」

龍之介のあまりの狼狽《うろた》えぶりに、忠兵衛と芙美乃が顔を見合わせ、ぷっと噴《ふ》き出す。

「龍之介さま、赤児《やや》をお抱きになります？」

「いえ、それはご勘弁を！　触《さわ》ると毀《こわ》れそうで、とてもわたしには……」

龍之介が慌てて両手を振る。

芙美乃は、くすりと肩を揺らした。

「茂輝でも抱きますのに、龍之介さまったら……」

が、芙美乃はすぐに表情を改めると、

「なんでも、日々堂からたいそう立派な祝いを頂きましたとか……。改めてお礼の文を差し上げますが、龍之介さまからもくれぐれもよろしくお伝え下さいませ」

と頭を下げた。

「畏まりました」

「どれ、そろそろ我らは座敷に戻ろうか……。芙美乃が疲れると困るのでな」

忠兵衛が促し、龍之介も立ち上がる。

立ち上がりざま、ちらと芙美乃を窺うと、芙美乃は頭に麻紐《あさひも》を巻き、堆《うずたか》く積み上げた蒲団《ふとん》に凭《もた》れかかるようにして坐《すわ》っていた。

産後、横になって寝ると血が上ると言われ、額《ひたい》に麻紐を巻いているのもそのためであろう。

同様に、産後は食事に禁忌《きんき》が多く、粥《かゆ》に鰹節《かつおぶし》、ことに里方《さとかた》から贈られた米を食すと産後の肥立《ひだ》ちがよいとされていた。

従って、祝いに活鯛を贈っても、芙美乃や赤児《やや》の口に入るわけではない。

それでも活鯛を贈るのは、子の誕生が家としての慶事とされたからである。

「義姉上《あねうえ》の顔色が少し優《すぐ》れないように見受けられましたが、大事ないのでしょうか」

座敷に戻ると、龍之介は気遣わしそうに忠兵衛に訊ねた。

「茂輝のときに比べて、お産のときの出血が少し多かったようでな……。が、医者は安静にしていれば大事に至ることはないと言っているのでな」

心なしか、忠兵衛の顔に翳《かげ》りが過《よ》ぎった。

母桐生《きりお》の産後の肥立ちが悪く、龍之介を産んで間なしに生命《いのち》を落としたことを思い出したのであろう。

そのとき、忠兵衛は八歳……。

忠兵衛の胸に、現在《いま》も母を失った哀《かな》しみがしっかと刻《きざ》み込まれているのであろう。

しかも、母の死に伴《ともな》い、父藤兵衛が母のお側《そば》だった夏希を後添《のちぞ》いに直すことになり、義弟《おとうと》哲之助との間に複雑な関係が生じてしまったのであるから、忠兵衛が父と同じ轍《てつ》を踏みたくないと思っても当然であろう。

「龍之介……」

忠兵衛が長押に目を向けたまま、ぽつりと呟《つぶや》く。

「これは決してあってはならぬことであり、想像してもならぬことだが、仮に、芙美乃に万が一ということがあっても、それがしは後添いを貰《もら》おうと思ってはおらぬからよ……」

「兄上……」

忠兵衛の気持が痛いほどに解った。

「大丈夫ですよ！　義姉上《あねうえ》に万が一なんてことがあるはずがありません」

龍之介がそう言うと、忠兵衛は寂《さみ》しそうな笑いを浮かべた。

「ああ、医者もそう言ってくれているのでな……。それに、現在《いま》もそれがしは母上が亡くなられたときのことを憶えているが、あのときに比べれば、芙美乃はずっと元気なのでな」

「そうですか。それは良かった！」

龍之介はほんの少し安堵したように思い、やれ、と息を吐いた。


その夜の夕餉膳《ゆうげぜん》は、忠兵衛、茂輝、龍之介の三人で摂《と》ることとなった。

龍之介は祝膳《いわいぜん》とも思える料理の豪華さに、目を瞠《みは》った。

どうやら、鷹匠屋敷の勝手方には、腕のよい料理人が入ったとみえる。

一尺五寸はあるかと思える活鯛の半身《はんみ》が姿造りになって大皿に盛られ、蝶脚膳《ちょうあしぜん》の上には、鯛の残り半身が焼物《やきもの》と吸物《すいもの》に使われ、他に、柿の湯葉和《ゆばあ》え、里芋田楽《さといもでんがく》、茶碗《ちゃわん》蒸《む》し、赤飯《せきはん》……。

おそらく、頭と骨の部分は翌朝の汁物に使われるのであろうが、まるで料理屋に来たかと見紛《みまが》うほどの馳走《ちそう》に龍之介が目をまじくじさせると、茂輝がひょいくら返す。

「父上、ごらんなさいませ！　叔父上《おじうえ》が盆と正月が一遍《いっぺん》に来たって顔をなさっていますよ……」

「いやァ、驚きました。これまでも何度かここで食事をご一緒させていただきましたが、今宵の料理があまりにも見事なもので……。料理人が替わったのですか？」

龍之介がそう言うと、忠兵衛は頰を弛めた。

「実は、久米の甥というのが深川の平清で板脇《いたわき》をやっていたのだが、三月《みつき》前、平清を辞したものだから、断られるのを承知で、うちの勝手方に来てくれないかと頼んでみたところ、二つ返事で承諾《しょうだく》してくれてな……。これが、料理の腕が立つだけでなく実直な実に善い男で、これは思いがけなく拾いものをしたと悦んでいるのよ」

「ほう、あの久米の甥が……。それはよいことをなさいましたね。では、此の中、毎日このような馳走を召し上がっているのですか？」

「なに、今宵は特別でよ。毎日、このような活きのよい鯛を食すわけにはいかないのでな。だが、今度の料理人はありきたりの食材を工夫《くふう》して、実に気《き》の利いた料理を作ってくれるので、満足しているのよ」

「けれども、わたしたちだけがこんな馳走を食べて、母上が召し上がれないとは残念ですよね」

茂輝が悔《くや》しそうな顔をする。

「なに、母上もすぐに食べられるようになるさ！　だが、そうして母上を気遣うとは、茂輝もさすがは兄さんになっただけのことはあるな！」

龍之介に褒《ほ》められ、茂輝は照れ臭そうな笑いを見せた。

「叔父上、わたしは弟が出来て、本当に嬉しいのです。早く歩いたり喋《しゃべ》ったりしないかと、胸をわくわくさせているんですよ。そうしたら、光輝に文字も教えてやれるし、剣術の稽古もつけてやれる……。妹だったら、そうはいきませんからね」

「妹は妹で、また可愛いものだ……。だが、茂輝の気持はよく解る。龍之介が生まれたばかりの頃、それがしもそう思ったのでな」

忠兵衛が当時を思い出すかのように目を細める。

龍之介は忠兵衛に目を据えた。

「兄上、有難うございます。母上が亡くなられた後、どんなに兄上がわたしを支えて下さったか……。兄上がおられなければ、わたしはもっと屈折していたかもしれません。それを思うと、どんなに感謝しても、し尽くせないほどです」

龍之介が頭を下げると、忠兵衛は慌てた。

「止《よ》してくれ！　兄として当然のことをしたまでだ。改まってそんなふうに言われると、傍痛《かたわらいた》い……」

そうして食事が終わり、茂輝が寝所に下がって行ってからのことである。

食膳は片づけられたが、新たに銚子《ちょうし》二本と簡単なつまみを婢に運ばせ、二人は差しつ差されつ、酒を飲むこととなった。

「実はよ……」

忠兵衛は盃《さかずき》を膳に戻すと、太息《ふといき》を吐《つ》いた。

「哲之助のことなんだが……」

やはり、そのことであったか……。

龍之介は息を凝《こ》らし、忠兵衛の次の言葉を待った。

「内田の鷹匠衆《たかじようし》の話によると、いよいよ、哲之助が手のつけられない状態だそうでよ……。これまでも、夜更《よふ》けまで酒を飲み、登城《とじよう》近くになっても起きてこないとか、小太刀《こだち》を振り翳《かざ》して婢を追い廻したとか、お役目の最中《さなか》眠りこけたとか、醜聞《しゆうぶん》の数々を伝え聞いていたのだが、ついには下働きの女ごを手込《てご》めにし、抗《あらが》おうとした女ごを足腰が立たないほどに殴打《おうだ》したそうでよ。内田家では女ごの親に多額の金を与え、内密に事を収めようとしたらしいが、鷹匠支配同心が黙ってはいない……。哲之助のような男が鷹匠支配の座にいたのでは、十代将軍家治《いえはる》さまの頃から続いてきた内田家の名が廃《すた》ると、哲之助廃嫡《はいちゃく》を嘆願する者が続出してよ……。幸い、孫左衛門《まござえもん》どのは隠居の身といっても、まだご息災でおられる。哲之助を廃嫡して孫左衛門どのに復帰を願う同心たちの気持は、それがしにも解らなくもないからよ……。戸田家としても、そうしてもらえればどれだけ気が楽になることか……。ところが、孫左衛門どのの気持が哲之助を廃嫡することに傾きかけたというものの、肝心《かんじん》の琴乃どのが首を縦《たて》に振ろうとしないそうでよ……」

忠兵衛が辛そうに顔を歪《ゆが》める。

「それは、どういうことなのでしょう」

龍之介にも琴乃の気持が測《はか》りかねた。

「おそらく、琴乃どのは哲之助をあそこまで追い詰めたのは、自分のせいと思っているのであろう。哲之助を内田家から追い出すのであれば、自分も共に追い出して下され、内田家には新たに養子を貰えば済むことですから、と言い張ったそうでよ……。孫左衛門どのにしてみれば、琴乃どのは可愛い娘……。追い出すことなどできるはずもない！　先日、孫左衛門どのが光輝の誕生を祝ってお越し下さったのだが、涙ながらにどうしたものかと相談されてよ……。それで、それがしも思い倦《あぐ》ねているのよ。龍之介、そなたの知恵を借りたいと思うのだが、哲之助をどうしたものであろうか……」

忠兵衛が真剣な目をして、龍之介を瞠める。

「…………」

正《まさ》な話、龍之介にもどうすればよいのか判らなかった。

が、それほどまでにして琴乃が哲之助を庇《かば》おうとする気持は解らなくもない。

とはいえ、琴乃までが内田の家を出たとして、哲之助と二人して、今後どうやって生きていこうというのであろうか……。

哲之助にしても、内田家を出されたからといって、どの面《つら》を下げて戸田家に戻れよう……。

これまで陰になり日向《ひなた》になりして護ってくれた夏希は、もうこの世にいないのである。

かといって、哲之助も琴乃も、龍之介のように浪々の身に甘んじることはできないだろう。

おそらく、琴乃にもそれが解っているに違いない。

琴乃は孫左衛門が自分を追い出すことができないと解っていて、脅《おど》しのつもりで言っているだけなのであろう。

「わたしにはどうすればよいのか判りません」

龍之介が苦渋《くじゅう》に満ちた顔で言う。

「そうよのう……。いっそ、哲之助が死んでくれれば、内田も戸田も、琴乃どのまでがすっきりするであろうに……」

忠兵衛はそう言い、あっと色を失った。

「すまん。今のは聞かなかったことにしてくれぬか……」

「解っておりますゆえ……」

龍之介はそう言ったが、内心では、本当にそうなのだ……、と思った。

忠兵衛と龍之介の胸が、じわじわと重苦しいもので覆《おお》われていく。

だが、現在《いま》一番辛く、針の筵《むしろ》に坐らされるような想いでいるのは琴乃なのである。

そして、それらのことすべてを引き起こしてしまった要因は、この自分にある……。

哲之助が内田家の婿養子に入ることが決まったと龍之介に告げたとき、芙美乃は言った。

「龍之介さま、それでよろしいのですか？　今なら、まだ間に合いますのよ。わたくし、琴乃さまにお知らせしましょうか」

「それで、龍之介さまは本当に構わないのですね？　内田家に入れば、鷹匠支配の座が待っているし、琴乃さまという好き合った方と添うこともできるというのに、弟のためにみすみす幸せを棒に振るなんて……」

ああ、自分はなんという愚《おろ》か者であったのだろう……。

あのとき、勇気を出して琴乃の許《もと》に駆けつけていれば、その後の悲劇は起こらなかったというのに……。

それなのに、結句、気随《きずい》な市井《しせい》の暮らしが捨てきれず、義弟《おとうと》のために身を退《ひ》くなどと御為《おため》ごかしを言ってしまい、自分の優柔不断《ゆうじゆうふだん》な心が皆を不幸に陥《おとしい》れてしまったのである。

龍之介はワッと叫び出したいのを懸命に堪《こら》え、忠兵衛の目を見た。

忠兵衛の目は瞑く、憂色《ゆうしよく》に沈んでいた。

「おや、お帰りなさいまし。それで、赤児《やや》はどうでした？　戸田さまの甥だもの、さぞや愛らしい坊だったんだろうね！」

お葉が龍之介の姿を認め、燥《はしや》いだように言う。

龍之介の胸が、ぽっと温かいもので包まれていった。

千駄木から深川に戻って来ると、毎度、木の下闇《こしたやみ》から明るい陽射《ひざ》しの下《もと》に出たように思うのだが、この日はことさらその感が強かった。

おそらく、お葉やこの日々堂の雰囲気がそうさせるのであろう。

龍之介は長火鉢《ながひばち》の傍《そば》に寄ると、改まったようにお葉に頭を下げた。

「此度は戸田家のために気を遣わせてしまい、申し訳ありませんでした……。兄も嫂もたいそう悦んでくれ、改めて礼状を出すが、俺から悦んでいたことを是非にも伝えてほしいと、そう申していました。有難うございました」

「嫌《いや》ですよ、戸田さま！　そんな裃《かみしも》を着たような言い方をされると、なんて返事をすればよいのか判らなくなるじゃないか……」

そこに、龍之介の声を聞きつけ、厨からおはまがやって来る。

「お帰りなさいませ。それで、いかがでした？　戸田さま、赤児《やや》を抱っこしたんでしょうね？」

「しないさ！　するわけがない。おっかなくって、触ることもできなかったからよ……」

「あら嫌だ！　せっかく祝いに行っておいて、赤児《やや》に触りもしなかったって？　それじゃ、なんのために行ったのか解らないじゃないか……」

お葉もおはまも呆《あき》れ返ったような顔をする。

「そう言われても……」

「で、なんて名なんですか？　お七夜《しちや》を過ぎているのだから、当然、名前がついていたでしょう？」

「光輝といいます」

「みつき？　字は？」

「光という字に、輝くという字で、光輝……。上の茂輝が、茂り、光り輝くようにという意味でつけられましたので、弟は存分に光を浴びて、どこに出ても光り輝けという意味かと……。次男なので、いずれ他家に婿養子に入る身とあって、兄上が願いを込めてつけたようです」

「へえェ……、光輝か。よい名じゃないか！　さすがは、戸田さまのお兄さんだね」

お葉が感心したように言う。

「それで、義姉《ねえ》さんの肥立ちはどんな具合です？　まっ、二人目だもの、一人目のときよりは楽だったんだろうけどさ……」

子を産んだことのあるおはまは、さすがに芙美乃のことが気懸《きが》かりなようである。

「それが……。兄上の話では、茂輝のときより出血が多かったとか……。が、医者が言うには、しばらく安静にしていれば大事に至らないだろうということで、少しだけ安堵したのですがね」

おはまが眉根《まゆね》を寄せる。

「そりゃ、安静にしていたほうがいいよ……。現在《いま》は大事に至らなかったとしても、歳とって、血の道に陥《おちい》るってことがあるというからさ」

「へえェ、そんなものなのかえ……。じゃ、うんと滋養《じよう》のあるものを食べて、早く元気になってもらわなくっちゃね！」

「女将さんはまたそんなことを……。産後しばらくは美味《おい》しいものを食べてはならないんですからね！」

「なんでさ！　子を産んで身体《からだ》が疲弊《ひへい》しきっていて、そのうえ、おっかさんは赤児《やや》におっぱいを飲まさなきゃならないんだよ！　だったら、滋養のあるものを食べなきゃ、力がつかないじゃないか……」

お葉が納得できないといった顔をする。

「女将さんはそう言われますけど、これは昔からの言い伝えなんですからね」

「じゃ、せっかく美味しい活鯛を食べてもらおうと思ったのに、義姉《ねえ》さんの口には入らなかったってことかえ？」

お葉がとほんとした顔をして龍之介を見る。

「すみません。その代わりに、兄上や茂輝、俺が美味しく食べさせてもらいました」

龍之介が恐縮したように肩を竦《すく》める。

「まっ、それならそれでいいんだけどさ……。けど、なんだか拍子《ひょうし》抜《ぬ》けしちまったよ」

お葉の言い方が可笑《おか》しかったのか、おはまがくすりと肩を揺する。

すると、そこに正蔵が入って来た。

「お帰《けえ》りやす。昨日、戸田さまに頼まれた文を友造に言って、桜木さまのお屋敷に届けさせやした。けど……」

正蔵が奥歯にものが挟《はさ》まったような言い方をする。

「けどって、何さ……。正蔵、はっきり言いなよ！」

お葉が気を苛《いら》ったように言う。

「それが、友造が言うには、応対に出た若党《わかとう》が戸田龍之介というのは誰だとしつこく訊ねたそうでやしてね……。それで、こちらの婿になられた三崎さまとは川添道場で朋輩《ほうばい》なのだと答えると、まあ一応預かっておく、と木で鼻を括《くく》ったような言い方をしたと言うんでやすよ」

　正蔵が苦虫《にがむし》を嚙《か》み潰《つぶ》したような顔をする。

　龍之介の顔がふっと曇った。

「まっ、なんて言い種《ぐさ》だろう！　まあ一応預かっておくとはどういうことなのさ！」

　お葉が業《ごう》が煮《に》えたように吐き出す。

「そうなんですよ。友造もわけが解らねえって顔をして、帰《けえ》って来やしてね……」

「おそらく、一応預かっておくが、三崎さまに渡すかどうかは桜木の舅《しゅうと》に訊ねてからってことなんじゃないかしら？」

　おはまが訳知り顔に言う。

「じゃ、舅が三崎さまに渡しちゃ駄目だと言ったら、文を送り返してくるってことなのかえ？　てんごう言うのも大概にしてもらいたいね！　三崎さまが婿養子といったって、舅にそんな権限があって堪るもんかってェのよ！」

「まあまあ、女将さん、そう気を苛つもんじゃありやせんぜ……。今のはおはまの推測で、その若党が藤四郎《とうしろう》で、ものの言い方を知らなかっただけかもしれやせんからね」

正蔵がお葉を宥《なだ》めるように言い、龍之介に目を据えた。

「とにかく、お届けすることはしておきやしたんで……。それはそうと、千駄木の鷹匠屋敷に鯛を届けた佐之助が言ってやしたが、たいそうなお屋敷とは思っていたが、あんなに広大とは思わなかった……、と感心していやしてね。あのようなお屋敷で戸田さまが生まれ育ったのかと思うと、もうこれまでのように気軽に声をかけられねえような気がしてきたと……」

「莫迦なことを！　どんな屋敷で生まれ育とうと、現在《いま》の俺は皆の仲間……。気軽に声をかけてくれていいんだからよ。佐之助にそう言っておいてくれ」

「なに、佐之助は冗談のつもりでそう言ったんでやすよ……。けど、愛想《あいそ》も糞《くそ》もねえ桜木の屋敷に比べて、戸田さまのお屋敷ではなんと気扱《きあつかい》のあることか……。鯛を届けた佐之助に茶菓《さか》を振る舞って下さり、年配のお端女《はした》が犒《ねぎら》いの言葉をかけてくれたと言いやすからね……」

「ああ、それはきっと婢の久米だろう。義姉上《あねうえ》が出産したばかりで挨拶《あいさつ》に出られないので、久米が代わりを務めたのだろうて……」

「やっぱり、戸田家はご大家《たいけ》なんだよ。だから、使用人の躾《しつけ》が行き届いてるんだ……。それに引き替え、桜木家はどうだえ！　高々、門番同心のくせして、偉そうな！」

お葉が憎体《にくてい》に言う。

「確かに、千五百石《こく》は高禄《こうろく》で、兄上は鷹匠衆や鷹匠支配同心などを束《たば》ねていかなければならず、大変なお役目でもあるのだが、内々のことは義姉上《あねうえ》のお役目……。さぞや気を遣われていることかと……」

龍之介が仕こなし顔に言う。

鷹匠支配の戸田家には、鷹匠組頭《くみがしら》が三名、その下に鷹を飼育、訓練する鷹匠衆が十二名と見習がいるほか、狩猟中《しゆりょうちゅう》の将軍を警護する鷹匠支配同心が五十名、彼らは鷹匠屋敷の中に作られた御鷹部屋《おたかべや》で寝食を共にしているのである。

そして、鷹匠支配の組屋敷のほうには、忠兵衛の家族のほか、若党や小者《こもの》、中間《ちゅうげん》、内々の雑事を熟《こな》す婢、下働きの下男下女《げなんげじょ》と、常時二十五、六名の者がいて、芙美乃が彼らを束ねていかなければならなかった。

従って、芙美乃はご大家の奥方だとのんびり構えているわけにはいかない。

しかも、芙美乃には茂輝や光輝の養育という大変な務めがあった。

鷹匠支配は代々世襲のため、嫡男の茂輝を次期鷹匠支配に育て上げるまでは息が抜けないのである。

「ご大家にはご大家なりに、ご苦労がおありになるのでしょうな……。その点、我々下々の者は気が楽だ。なんせ、食わず貧楽《ひんらく》と構えていれば、ややこしいことに首を突っ込まずに済むってもんでよ！　おっ、おはま、てめえの身の有りつきに感謝するんだな……」

正蔵が後生楽《ごしょうらく》な顔で言う。

「何言ってんだえ、この極楽《ごくらく》とんぼが！　そんなことを言っていられるのも、この日々堂があるからじゃないか……。感謝するとしたら、亡くなった旦那や女将さんでさ。おまえさんにとやかく言ってもらいたくないよ！」

おはまが甲張った声で鳴り立てる。

「あたしに感謝だなんて天骨《てんこち》もない！　あたしは何もしていないんだからさ……。日々堂を立ち上げたのは、死んだ旦那や宰領、それにおはまじゃないか……」

お葉が慌てて割って入る。

「女将さんが何もやっていないなんて、それこそ天骨もない！　旦那亡き後、日々堂を束ねてきたのは、女将さんなんですからね。感謝するなと言われても、あたしは女将さんに感謝させてもらいます！」

おはまはそう言うと、さっ、夕餉の仕度をしなくっちゃ……、と厨に去って行った。

お葉が呆気《あっけ》に取られたように正蔵を見る。

正蔵は何も言うなとばかりに、片目を瞑《つぶ》ってみせた。

そして、翌日のことである。

お葉が仏壇の掃除《そうじ》をしていると、厨のほうからおはまの興奮した声が聞こえてきた。

「靖吉さんじゃないか！　おまえさん、どうしてたのさ。この一廻り（一週間）ほど顔を見せないもんだから、おさとが心配してたんだよ……」

お葉は慌てて掃除の手を止めると、厨に急いだ。

靖吉が憔悴《しょうすい》し切った顔をして、水口《みずぐち》の外に立っていた。

「靖吉さん、まさか、おかみさんが……」

おさとが水口の外に飛び出して行く。

そうして、井戸端まで靖吉の手を引いて行くと、何やら話し込んでいた。

お葉も厨にいた女衆《おなごし》全員が、茫然《ぼうぜん》としたようにそんな二人を眺《なが》めている。

おはまが、パァンと手を叩《たた》く。

「おまえたち、何やってんだえ！　さっさと中食の仕度を続けな。ときは待っちゃくれないんだからさ！」

お端女たちがそれぞれに仕事に戻る。

「いいのかえ？　二人をあのままにしておいて……」

お葉がおはまを窺う。

「いつもは几帳面《きちょうめん》に三日に一度野菜を卸《おろ》しに来ていた靖吉さんが、此の中、姿を見せなかったでしょう？　おさとったら、食事も真面《まとも》に喉《のど》を通らないほど案じていましたからね。少しだけ、あのままにしておいてやりましょうよ」

「そうだね。あたしたちに何か話があれば、向こうのほうから声をかけてくるだろうしね……。じゃ、何かあったら呼んでおくれ」

お葉はそう言うと、茶の間に戻り仏壇の掃除を続けた。

おはまが声をかけてきたのは、四半刻《しはんとき》（三十分）後のことである。

「女将さん、よろしいでしょうか」

「なんだえ?」

「靖吉さんとおさとが女将さんに話があるそうなんですが、茶の間に通して構いませんか?」

「ああ、構わないよ。入ってもらっておくれ!」

仏壇の掃除をし終えたばかりのところだったお葉は、鉄瓶《てつびん》の湯を確かめ、茶の仕度を始めた。

靖吉とおさとがおはまに連れられ、茶の間に入って来る。

「それがね、靖吉さんのおかみさんが一廻りほど前に亡くなったそうでしてね……」

おはまが口火《くちび》を切った。

お葉は茶筒《ちやづつ》の蓋《ふた》を開けようとした手を止め、靖吉に目をやった。

「そうだったのかえ……。それはご愁傷《しゆうしよう》さま……。それで、ここに顔が出せなかったんだね?」

「へい。無断で野菜の配達に穴を空《あ》けちまって、申し訳ねえことをしやした……。当てにされてたんだろうに、さぞやお困りになったのではありやせんか?」

靖吉が気を兼ねたように、上目《うわめ》におはまを窺う。

「ああ、そりゃ、困ることは困ったさ……。一刻《いっとき》（二時間）ばかしは、もう来るかもう来るかと待っていたんだけど、中食の仕度に間に合わないもんだから、慌ててお端女を青物屋に走らせたんだよ。そんなことが二度続いたんだからさ……。おさとなんて、おまえさんに何かあったのじゃなかろうかと、そりゃあ、気が気じゃなかったんだからね！　けど、そんなことがあったのなら仕方がないさ……」

「へっ、野辺送《のべおく》りや後始末など、何やかやに追われちまったもんだから……。それに、遽《あわただ》しさにかまけて、畑の手入れを怠《おこた》っちまったもんだから、こちらに納めるよい野菜がなくって……。やっと、なんとか食べていただけそうな野菜が採《と》れたもんだから、お詫《わ》びかたがたやって参りやした……」

靖吉が鼠鳴《ねずみな》きするような声で言う。

「では、これでもう、おかみさんへの義理は果たせたっていうんだね？」

おはまが靖吉の顔を窺うと、おさとが代わって答えた。

「それが、靖吉さんが言うには、おかみさんが亡くなったばかりというのに、すぐに別の女ごを家に引き入れたんじゃ、いかにも女房が死ぬのを待っていたと周囲《まわり》の者に思われてもしょうがないので、あたしと所帯を持つのを先延ばしにして、今しばらくはこれまで通りでいてくれないかって……」

「今しばらくって、いつまでなのさ」

お葉が茶を注《つ》ぎながら訊ねる。

「せめて、一周忌が済むまでは待ってくれって……。その話を聞いたとき、あたし、愕然《がくぜん》としちまって……。正な話、まだ一年も待たなきゃならないのか、そんなの嫌だ、と言いそうになってしまいました。けど、よく考えてみると、靖吉さんが言ってることのほうが正しいと思えてきて……。靖吉さんと所帯を持つってことは、あたしが寺嶋村の家に入るってことでしょう？　今後は村の暮らしをしなくちゃならないのに、村人から妙な勘繰《かんぐ》りをされたんじゃ、皆と仲良くやっていけないと思って……。それで、一年待つことにしました。これまでは、いつこの男《ひと》と一緒になれるのか目処《めど》が立たなかったけど、一年待てばよいことですもの……。そうこうするうちに、周囲《まわり》の者やこの男《ひと》のおっかさんから、娘のためにも早く後添いをって話が出てくると思うんです。この男《ひと》があたしのことを皆に話すのは、それからでも遅くはないと思って……」

おさとは大人しげな顔に似合わず、なんと強《したた》かな女ごであろうか……。

ことを急いだのでは、周囲《まわり》の者からなんと薄情な女ごかと思われかねない。

それより、寺嶋村に移った後、一日も早く村に溶《と》け込むためにも、先妻に義理を立てて一年待った健気《けなげ》な女ご、と思われたほうが得策である。

だが、それのどこが悪かろう。

これほど理道《りみち》にあった話はないのだから……。

「よく言った！　ああ、よいてや。そうしようじゃないか……。おさとの言うとおり、これまで待ったんだもの、あと一年待つくらいお茶の子さいさいってなもんでさ！　じゃ、葛西のおとっつァんには、まだこの話はしないでおこうね」

お葉がおさとにふわりとした笑みを送る。

「その時機が来たら、おさとのおとっつァんには、俺が葛西まで脚を延ばして頭を下げやす。それまでは、これまで通り、あっしら二人を見守っていて下せえ……」

靖吉が真剣な目をしてお葉を瞠める。

「ああ、解った。おはまもそれでいいよね？」

「あい、了解！」

靖吉とおさとは深々と辞儀をして、茶の間を出て行った。

「あたしはあの男を見直したよ。ちゃんと筋を通そうとするんだもんね」

お葉が感心したようにおはまに言う。

「本当は、一日も早く一緒になりたいんだろうにね……。あの男《ひと》、周囲《まわり》の目をごまかすために一周忌を済ませてからなんて言ってたけど、あたしが見るところ、靖吉さんは死んだ女房を弔《とむら》う意味で、一周忌が済むまでと言ったのだと思いますよ。ねっ、女将さんもそう思いませんか?」

おはまがお葉の顔を覗《のぞ》き込む。

「ああ、きっとそうだよ。それにしても、おさとのなんと強かなこと……。あの娘《こ》、寺嶋村に行った後のことをちゃんと考えているんだもんね!」

「けど、おさとは靖吉さんの娘をどうするつもりなんでしょうかね? 一周忌が済むまで、娘には逢わないつもりなのかしら……」

おはまの言葉に、お葉も、はて……、と首を傾げる。

おさとはこれまでに二度ほど娘に逢ったことがあると言っていたので、当然、娘とは顔見知りのはず……。

だが、いったい、どこで逢ったのであろう。

寺嶋村では女房が病に臥《ふ》していたので、まさか靖吉がおさとを連れて行ったとは思えない。

お葉がそんなことを考えていると、おはまが笑った。

「今、女将さんが考えていたことを当ててみましょうか? おさとがどこで娘に逢ったのか……。ねっ、そう考えていたんでしょう？　大丈夫ですよ。おさとは寺嶋村には行っていませんから……。それがね、靖吉さんが野菜を担《にな》ってここに来たとき、娘を連れて来たことがあったんですよ。靖吉さんたら、いつもは祖母《ばあ》ちゃんが娘の世話してくれてるんだが、風邪《かぜ》を引いて寝込んじまったんで、と言い繕《つくろ》っていましたが、それは口実で、きっとおさとに娘を引き合わせたかったに違いありませんよ……。それが、可愛い娘《こ》でね。そう、確か、おひろとかって言ってましたね……。人懐《ひとなつ》っこくて、おさとの腰にしがみついて、ねえちゃん、ねえちゃん、と甘えていましてね。だから、これからも、時折、連れて来るんじゃないかしら……」

「おや、そうだったのかえ……。けど、なんであたしの考えていたことがおまえに解ったんだえ？」

「そりゃ、解りますよ！　女将さんほど解りやすい女《ひと》はいませんからね。なんせ、心に思っていることがすぐに顔に出るんだからさ……」

おはまが、くくっと肩を揺する。

「そうかえ、そうかえ、すぐに顔に出て悪うござんしたね！」

お葉は、めっとおはまを睨みつけると、ぷっと噴き出した。

「おはま、今度、靖吉さんが娘を連れて来るようなことがあったら、一刻ばかしおさとに暇《ひま》をおやり……。三人で蕎麦屋《そばや》にでも行かせるといいよ。いずれは一緒に暮らすんだもの、今から少しずつ、おっかさんらしく振る舞っていたほうがいいからさ！」

「ああ、そうですね。きっと、おさとも悦ぶでしょう」

お葉とおはまが顔を見合わせる。

二人とも、満足そうな笑みを湛えていた。

龍之介が兄忠兵衛から文を受け取ったのは、恵比須講《えびすこう》（十月二十日）の翌日のことだった。

文には、内田哲之助が亡くなったことと、すでに葬儀は終わったとあり、これでは何ひとつ詳細が判らない。

龍之介は取るものも取り敢えず、千駄木に駆けつけた。

忠兵衛の文には、わざわざ来るには及ばず、とあったが、哲之助は腹違いといえども義弟《おとうと》である。

内田家に顔を出すつもりはさらさらないが、せめて、なにゆえ哲之助が亡くなったのか、琴乃がどうしているのかを知りたくて、逸《はや》る心を宥めつつも千駄木へと急いだのだった。

鷹匠屋敷に着いた頃には、もう日は暮れていた。

玄関先に応対に出た若党は、龍之介の顔を見るとあっと色を失ったが、どうやら来ると判っていたらしく、奥に知らせるまでもなく、早く上がれと目で促した。

忠兵衛は居間ではなく、書斎に籠《こ》もっていた。

「兄上……」

龍之介が襖《ふすま》の外から声をかけると、忠兵衛は部屋の中で咳《しわぶき》を打った。

「やはり来たか……。入れ」

龍之介がそろりと襖を開け書斎に入り、忠兵衛の傍まで膝行《しっこう》する。

「久米、茶を運んで来たら、しばらく人払いをするように……」

忠兵衛は龍之介を書斎まで案内した久米にそう命じると、龍之介に目を戻した。

忠兵衛は半月前に逢ったときに比べると、少し窶《やつ》れたように見えた。

「兄上、哲之助が亡くなったとは、いったいどういうことなのでしょう」

龍之介が食い入るように忠兵衛を見る。

「三日前のことだ。夜分、雑司ケ谷《ぞうしがや》から訃報《ふほう》が届いた……。突然のことで、何が起きたのか判らないまま雑司ヶ谷に駆けつけてみると、孫左衛門どのが困じ果てたような顔をして、哲之助が自裁《じさい》したと言われるではないか……」

「自裁？　哲之助が腹を召したと……」

いや……、と忠兵衛が苦々《にがにが》しそうな顔をする。

「喉を掻《か》き切ったというのよ」

「喉を……」

「武士ならば潔《いさぎよ》く腹を切り裂けばよいものを、女ごのように喉を掻き切るとは……。それも、自裁したのが屋敷内ではなく、鳥屋詰所《とりやつめしよ》の前というのよ。いかにこのところ哲之助が乱心気味だったといっても、腑《ふ》に落ちないことだらけでよ……。すると、孫左衛門どのも不審に思ったそれがしの気持を察したとみえ、申し訳ない、と頭を下げられた……」

「と申しますと？」

龍之介がひと膝《ひざ》前に詰め寄る。

「孫左衛門どのが言われるには、このところ、鷹匠衆の中に不穏《ふおん》な動きが見受けられた……。つまり、哲之助を廃嫡し、琴乃どのに新たに婿を迎えるという動きで、舅である孫左衛門どのの許に、嘆願書が引きも切らずに届いていたそうな……。ところが、肝心の琴乃どのが哲之助を離縁することに同意しようとしない……。それで、堪《かん》忍袋《にんぶくろ》の緒《お》を切らした鷹匠衆の何者かが、いっそひと思いにとばかりに哲之助を手にかけ、その後、自裁に見せかけたに違いないと、孫左衛門はそのように見ておられるようなのだ……」

ああ……、と龍之介は目を閉じた。

危惧していたことが、現実のものとなったのである。

兄の忠兵衛でさえ、先日、いっそ、哲之助が死んでくれれば、内田も戸田も、琴乃どのまでがすっきりするであろうに……、とつい本音《ほんね》を漏《も》らし、それを聞いた龍之介までが、本当にそうなのだ……、と納得したのだった。

それを思えば、内田家の現状を憂《うれ》う鷹匠衆の中にそんな動きが起きたとしても不思議はない。

「とはいえ、内田家としては事を荒立てたくはない……。むろん、水面下で下手人《げしゅにん》を捜し出し、それなりの処罰を下されるであろうが、表向きは自裁で徹《とお》したいそうでな。孫左衛門にそのように胸の内を明かされ、それがしも納得した……。いや、それどころか、幕府には病死として届け出られるようにと進言したほどでよ……。そうすれば、取り敢えず孫左衛門どのが鷹匠支配に復帰され、頃合いを見て、琴乃どのに新たに婿を迎えるという筋書きが調うであろうからよ」

「けれども、琴乃どのは……、琴乃どのはそれで納得されたのでしょうか？」

「納得も何も、そうする以外に手がないのだからよ。それに、此度のことがあまりにも衝撃が大きかったのであろう。琴乃どのは床に臥してしまわれた……」

あっと、龍之介は息を呑んだ。

一年ほど前、義母の見舞いのために千駄木の屋敷に伺《うかが》った際、擦《す》れ違いざま、つと龍之介に目をくれた琴乃……。

助けて……。

言葉には出さなかったが、琴乃はどこかしら救いを求めるような、哀しげな目をしていたのである。

あのときは、哲之助との間に生まれた娘香乃《かの》を、哲之助の過失で死なせてしまった後だった……。

娘さえ生きてくれていれば、夫婦《めおと》の間が多少ぎくしゃくしても、鎹《かすがい》となってくれていたかもしれない。

ところが、哲之助は香乃を過失死させてしまったことでますます酒へと逃げるようになり、琴乃は琴乃で、哲之助をそこまで追い詰めてしまったのは自分のせいだと自責の念に苛《さいな》まれ続けることになったのである。

そして今度は、哲之助の死……。

琴乃にとっては、哲之助の死が自裁であろうと他殺であろうと同じこと……。

いずれにしても、哲之助をそこまで追い詰めてしまったのは自分だと、琴乃は決して自分を許すことができないであろうから……。

忠兵衛が龍之介の気持を察してか、後を続けた。

「だがよ、何事もときが解決してくれようぞ……。いずれ、琴乃どのも立ち直られるはずだ。元々、芯《しん》の強い女ごだからよ。内田家のために自分がしなければならないことが解っておいでだろう……。孫左衛門どのもそう申されておった。琴乃は必ずや立ち直るであろうと……」

「…………」

龍之介は掌《て》を握り締め、ぶるぶると身体を顫わせた。

「そなたの気持は解る。だが、言っておくが、二度と琴乃どのの前に姿を現さないこと……。普通に考えれば、哲之助がもうこの世にいないのだから、そなたが内田家に入ってもおかしくはない……。元々、そなたと琴乃どのは相思の仲だったのだからよ。だが、はたして、現在《いま》の琴乃どのがそれを望むであろうか……。否《いな》……。琴乃どのは哲之助と夫婦《めおと》になってからもそなたのことが忘れられず、結句、その自分の想いが哲之助を苦しめ、酒へと逃げさせてしまったのだと自分を責め続けてこられたのだ。そんな琴乃どのが、哲之助がいなくなったからといって、すんなりとそなたを迎え入れると思うか？　そなたにしても然《しか》り……。哲之助亡き後、平然とした顔をして内田家に入って行けるか？　行けないだろう？　そんなことをしても、二人とも哲之助への罪悪感に苛まれるだけのことで、決して元の形には戻れない……。覆水盆《ふくすいぼん》に返らず、無理をすれば、ますます互いの疵《きず》が深くなるばかり……」

「解っています。わたしには内田家に入るなどという気持は、さらさらありませんゆえ……」

「ならば、二度と逢わないことだ。哲之助の墓に詣《まい》ろうとも思うでない！　そう思い、敢えて葬儀が終わってからそなたに知らせたのだ」

「はい」

「ところで、夕餉はまだなのであろう？　食間に芙美乃が膳を仕度しているので、食べてくるとよい」

「義姉上《あねうえ》が……。では、床上《とこあ》げをなされたのですね？」

「ああ。まだ無理はできないが、光輝に乳母《うば》をつけたので、乳を与えなくてよい分、楽になったようだ……」

「兄上は？　兄上は召し上がらないのですか？」

「いや、それがしは茂輝とすでに食べたのでな」

「では、頂いて参ります」

龍之介が辞儀をして書斎を辞す。

食間では、芙美乃が夕餉膳の用意をして待っていた。

「さあ、どうぞ。お腹がお空《す》きになったでしょう？」

芙美乃は龍之介の姿を見ると、ポンポンと手を打った。

婢が味噌汁の入った鉄鍋《てつなべ》を運んで来る。

芙美乃がご飯を装《よそ》い、婢が味噌汁を装う。

蝶脚膳の上には、鰤《ぶり》の照焼《てりやき》、車海老《くるまえび》と椎茸、生湯葉《なまゆば》の炊《た》き合わせ、小松菜《こまつな》の胡麻《ごま》和《あ》えが……。

婢が下がって行くと、芙美乃が、哲之助さまのこと、驚かれたでしょう？　と声をかけてくる。

「ええ、驚きました。ですが、なぜかしら、哀しいという感情が湧き起こらなくて……」

「ああ、やはり……。実は、わたくしもそうなのですよ。むしろ、これで良かった……、哲之助さまはやっと安らかになられたのだと思えてなりませんの。もうこれからは、龍之介さまや琴乃さまのことで悩むことなく、あの世で義母上《ははうえ》や香乃さまと一緒に暮らせるのですもの、そのほうがどれだけ幸せか……」

龍之介は驚いたように芙美乃を見た。

まさか、芙美乃までがそんなふうに思っていたとは……。

「思えば、義母上《ははうえ》が龍之介さまを追い落としてまで我が子を内田家の婿養子にと画策なさったことが、そもそもの間違いだったのですよ……。一旦狂ってしまった歯車は、もう元には戻りません。人の心も同様で、無理を重ねれば疵はますます深くなっていく……。わたくしが残念に思いますのは、哲之助さまが亡くなられたからといって、龍之介さまと琴乃さまが後戻りできないということ……」

芙美乃が気遣わしそうに龍之介を見る。

「ええ、先ほど、兄上からも覆水盆に返らずと言われたばかりです。ご案じ下さいますな。わたしは二度と琴乃どのに逢うつもりはありませんゆえ……」

「大丈夫ですよ。必ずや、琴乃さまは立ち直られましょうぞ。哲之助さまの死で、内田家との姻戚《いんせき》関係は絶たれてしまいましたが、両家は共に鷹匠支配……。今後も、琴乃さまの動向を見守るつもりです。けれども、旦那さまが言われたように、龍之介さまは内田家とは関わられないほうがよろしいかと……」

「解っています。それより、この車海老と椎茸、生湯葉の炊き合わせのなんと美味《うま》いこと！　先日、兄上から聞きましたが、料理人《ひと》が替わったとか……」

「ええ、久米の甥で、深川の平清にいた男が来てくれましてね。あっ、そうだわ。来年の節分明けが光輝の食い初《ぞ》めに当たり、祝いの席を設《もう》けたいと思っていますの……。龍之介さまも是非お越し下さいませね！　当日は料理人に言って、腕に縒《よ》りをかけて美味しいものを作らせますので……」

芙美乃が目を輝かせる。

「それは……。いやァ、愉しみだな」

龍之介はそう言いながら、胸にちかりと痛みを感じた。

いまこの瞬間も、琴乃は悶々《もんもん》と苦悩の淵《ふち》で喘《あえ》いでいるのである。

だが、龍之介には何もできない。

それどころか、琴乃のためを思えば、いまこそ心の中から、完膚《かんぷ》なきまでに琴乃のことを消し去らなければならないのである。

翌朝、龍之介は朝餉《あさげ》を済ませ、両親の墓に詣ろうと思った。

その旨《むね》を芙美乃に告げると、裏庭の菊がまだ少し残っているので適当に切っていくとよい、と芙美乃が言う。

芙美乃と一緒に裏庭に出てみると、なるほど、野路菊《のじぎく》がまだいくらか花をつけていた。

が、おおむね菊も終わりなのであろう。

紫苑《しおん》や柚香菊《ゆうがぎく》、秋明菊《しゅうめいぎく》などはすでに終わっていて、まさに残菊《ざんぎく》といった感が免《まぬが》れない。

それらが朝露《あさつゆ》に濡《ぬ》れ、見ると、葉のあちこちできらりと光っているではないか……。

龍之介は芙美乃から花鋏《はなばさみ》を受け取ると、菊畑に腰を落とした。

パチン、パチンと茎《くき》に鋏を入れると、葉の上で玉のように膨《ふく》らんだ露が四方に飛び散っていく。

龍之介は葉の上に溜《た》まった露に目を凝《こ》らし、きやりと胸が顫うのを感じた。

日の光を受け、露が涙のように見えたのである。

漆黒《しっこく》の闇の中で、人々の哀しみや懊悩《おうのう》を掻き集め、こうして涙の露となって葉の上に留《とど》まる……。

この菊の露は、琴乃の涙なのかもしれない。

龍之介の胸に熱いものが込み上げてきた。

「あら、どうなさいまして？」

芙美乃が寄って来て、龍之介の表情に訝しそうな顔をする。

「わたくしが代わりましょう」

芙美乃はそう言うと、龍之介の手から花鋏を受け取り、パチン、パチンと軽《かろ》やかな音を立てた。

「わたくしも大泉寺《だいせんじ》までお供いたしましょうか？」

芙美乃が菊の花を手渡しながら訊ねる。

「いえ、わたし独《ひと》りで大丈夫です」

「そうですか……。では、父上や母上とゆっくりお話しになっておいでになるとよいでしょう」

芙美乃は龍之介に優しい視線を投げかけると、母屋《おもや》のほうに去って行った。

戸田家の墓所《はかしょ》は、鷹匠屋敷の西隣《どなり》、大泉寺にある。

思えば、この前、両親の墓に詣ったのが桜の咲く頃……。

あの折は、忠兵衛と芙美乃も一緒だったが、今日は独りである。

龍之介は父藤兵衛、続いて母桐生の墓に詣ると、藤兵衛の墓を真ん中に挟み、桐生とは反対側の位置に建てられた義母《はは》夏希の墓に花を手向《たむ》け、手を合わせた。

どこから見ても、桐生の墓に比べて小さな墓……。

明らかに、墓を建立《こんりゅう》した忠兵衛が、母と元お側だった女ごを差別したと思われる。

が、その気持は解らなくもなかった。

後添いの身でありながら、我が子可愛さのあまり、弟龍之介を冷淡に扱ったことが忠兵衛には許せなかったのであろう。

この前墓に詣ったとき、忠兵衛はこう言った。

「どうした？　驚いたか……」

「本来はこうあるべきだったのだ。生前は義母《はは》としてお尽くししたのだから、死後は元の形に戻り、あの女《ひと》には母上の御側でいてほしいと思ってよ」

その言葉を聞き、龍之介は目から鱗《うろこ》が落ちたように思った。

ああ、夏希にもそれが解っていたからこそ、筒一杯《つついっぱい》背伸びをし、あそこまで虚勢を張ろうとしたのだ……と。

考えてみれば、夏希も哀《あわ》れな女ごだったのである。

自分の立ち位置が解っているからこそ、せめて我が子にだけはと肩肘《かたひじ》を張って生きてきたのであろう。

龍之介は夏希の墓に手を合わせると、はっきりと口に出して語りかけた。

「義母上《ははうえ》、哲之助がそちらに参りました。もうお逢いになられたでしょうか……。結句、わたしは哲之助を護ることができませんでした……。お許し下さいませ。現在《いま》のわたしにはそれしか言えません。何しろ、哲之助の墓に詣ることすら叶《かな》わない義兄《あに》なのですから……。今日こうして義母上《ははうえ》の墓に詣ったのは、哲之助の墓に詣られない代わりに、せめて義母上《ははうえ》の墓の前で哲之助に別れを言いたかったからなのです……。哲之助、おまえに辛い思いをさせてすまなかった……。だがよ、琴乃どのも辛ければ、この俺も辛かったのだ。そして、琴乃どのの辛さは、これからもまだまだ続く……。あの女《ひと》は内田家の跡取《あとと》りとして、決して逃げることができないのだから……。だから今後は、おまえがあの世から琴乃どのを護ってやってほしいのだ。案じるな、どんなことがあっても、俺が琴乃どのと一緒になることはない……。そのことを気にして、おまえが浮かばれないのでは困るからよ。今ここで、義母上《ははうえ》とおまえの前で誓《ちか》おうぞ！　だから、安心して眠っておくれ……。だが、哲之助……、どうして俺に腹を割って相談してくれなかった……。そうしてくれていたら、おまえも琴乃どのを俺に奪われるのではないかと疑心暗鬼《ぎしんあんき》にならずに済んだというのに……。哲之助、俺は悔しい……。哲之助、哲……」

衝《つ》き上げる涙に、龍之介の言葉が続かなくなる。

その背を、秋の名残《なごり》の風がそろりと撫でていく。

龍之介はぶるると身震いすると、立ち上がった。

この春来たときには桜の花弁《はなびら》が側溝を花筏《はないかだ》となって流れていたが、現在《いま》は末枯《うらが》れた風景の中、側溝は落ち葉で埋まっていた。

龍之介の頬を大粒の涙が伝い、花入れの菊の葉にぽとりと落ちた。

菊の露……。

なぜかしら、龍之介には、哲之助に想いが伝わったように思えてならなかった。

一〇〇字書評

切り取り線

祥伝社文庫

江染月

購買動機（新聞、雑誌名を記入するか、あるいは○をつけてください）	
□（　　　　　　　　　　　　　　　）	の広告を見て
□（　　　　　　　　　　　　　　　）	の書評を見て
□ 知人のすすめで	□ タイトルに惹かれて
□ カバーが良かったから	□ 内容が面白そうだから
□ 好きな作家だから	□ 好きな分野の本だから

・最近、最も感銘を受けた作品名をお書き下さい

・あなたのお好きな作家名をお書き下さい

・その他、ご要望がありましたらお書き下さい

住所	〒				
氏名		職業		年齢	
Eメール	※携帯には配信できません		新刊情報等のメール配信を 希望する・しない		

この本の感想を、編集部までお寄せいただけたらありがたく存じます。今後の企画の参考にさせていただきます。Eメールでも結構です。

いただいた「一〇〇字書評」は、新聞・雑誌等に紹介させていただくことがあります。その場合はお礼として特製図書カードを差し上げます。

前ページの原稿用紙に書評をお書きの上、切り取り、左記までお送り下さい。宛先の住所は不要です。

なお、ご記入いただいたお名前、ご住所等は、書評紹介の事前了解、謝礼のお届けのためだけに利用し、そのほかの目的のために利用することはありません。

〒一〇一－八七〇一
祥伝社文庫編集長　坂口芳和
電話　〇三（三二六五）二〇八〇

祥伝社ホームページの「ブックレビュー」からも、書き込めます。

http://www.shodensha.co.jp/bookreview/

祥伝社文庫

紅染月《べにそめづき》　便《たよ》り屋《や》お葉日月抄《ようじつげつしよう》

平成25年12月20日　初版第1刷発行

著　者　今井《いまい》絵《え》美《み》子《こ》
発行者　竹内和芳
発行所　祥伝社《しようでんしや》
東京都千代田区神田神保町3-3
〒101-8701
電話　03（3265）2081（販売部）
電話　03（3265）2080（編集部）
電話　03（3265）3622（業務部）
http://www.shodensha.co.jp/
印刷所　萩原印刷
製本所　関川製本
カバーフォーマットデザイン　中原達治

 ISBN978-4-396-33896-1 C0193

祥伝社文庫の好評既刊

宇江佐真理　十日えびす　花嵐浮世困話

夫が急逝し、家を追い出された後添えの八重。実の親子のように仲のいいおみちと日本橋に引っ越したが…。

宇江佐真理　ほら吹き茂平

うそも方便、厄介ごとはほらで笑ってやりすごす。江戸の市井を鮮やかに描く、極上の人情ばなし！

岡本さとる　取次屋栄三《えいざ》

武家と町人のいざこざを知恵と腕力で丸く収める秋月栄三郎。縄田一男氏激賞の「笑える、泣ける」傑作時代小説。

岡本さとる　大山まいり　取次屋栄三⑨

ほろっと来て、笑える！　極上の人生劇場。涙と笑いは紙一重。栄三が魅せる〝取次〟の極意！

岡本さとる　一番手柄　取次屋栄三⑩

どうせなら、楽しみ見つけて生きなはれ。じんと来て、泣ける！〈取次屋〉誕生秘話を描く初の長編作品！

岡本さとる　情けの糸　取次屋栄三⑪

断絶した母子の闇を、栄三の取次が明るく照らす！　どこから読んでも面白い。これぞ読み切りシリーズの醍醐味。